Aventuras no BOSQUE

A FLORESTA CINTILANTE!

COPYRIGHT © FARO EDITORIAL, 2024
GRIMWOOD: LET THE FUR FLY
COPYRIGHT © NADIA SHIREEN 2022 PUBLISHED BY ARRANGEMENT WITH SIMON & SCHUSTER UK LTD 1ST FLOOR, 222 GRAY'S INN ROAD, LONDON, WC1X 8HB A PARAMOUNT COMPANY

Todos os direitos reservados.
Nenhuma parte deste livro pode ser reproduzida sob quaisquer meios existentes sem autorização por escrito do editor.

Milkshakespeare é um selo da Faro Editorial.

Diretor editorial PEDRO ALMEIDA
Coordenação editorial CARLA SACRATO
Assistente editorial LETÍCIA CANEVER
Tradução LUISA FACINCANI
Preparação TUCA FARIA E ANA PAULA SANTOS
Revisão THAÍS ENTRIEL
Adaptação de capa e diagramação REBECCA BARBOZA
Ilustrações NADIA SHIREEN

Dados Internacionais de Catalogação na Publicação (CIP)
Jéssica de Oliveira Molinari CRB-8/9852

Shireen, Nadia
Aventuras no bosque: a floresta cintilante / Nadia Shireen ; tradução de Luisa Facincani. -– São Paulo : Faro Editorial, 2024.
256 p. : il.

ISBN 978-65-5957-447-6
Título original: Grimwood: Let the fur fly.

1. Literatura infantojuvenil inglesa I. Título II. Facincani, Luisa

23-5544   CDD 028.5

Índices para catálogo sistemático:
1. Literatura infantojuvenil inglesa

1ª edição brasileira: 2024
Direitos de edição em língua portuguesa, para o Brasil, adquiridos por FARO EDITORIAL.

Avenida Andrômeda, 885 — Sala 310
Alphaville — Barueri — SP — Brasil
CEP: 06473-000
www.faroeditorial.com.br

NENHUM ANIMAL (de verdade) FOI FERIDO NA CRIAÇÃO DESTE LIVRO.

NADIA SHIREEN

Aventuras no BOSQUE

A FLORESTA CINTILANTE!

TRADUÇÃO DE LUISA FACINCANI

SUMÁRIO

CAPÍTULO 1 – Ginger Fiasco faz um passeio _____ 13

CAPÍTULO 2 – Ted dá um passeio pela floresta _ 25

CAPÍTULO 3 – A sombra _____ 35

CAPÍTULO 4 – A gralha que caiu na Terra _____ 49

CAPÍTULO 5 – Saltando o pântano _____ 59

CAPÍTULO 6 – Santa Cintilante! _____ 79

CAPÍTULO 7 – Titus resmunga _____ 97

CAPÍTULO 8 – O Grande Plano do Sebastian Cinza _____ 111

CAPÍTULO 9 – Operação: Floresta Cintilante _ 137

CAPÍTULO 10 – A biblioteca _____ 151

CAPÍTULO 11 – O rodopio _____ 165

CAPÍTULO 12 – O dia anterior ao dia depois de dois dias antes _____ 173

CAPÍTULO 13 – Todos sentem um rebuliço no estômago _____ 189

CAPÍTULO 14 – Pelos nos ares _____ 205

CAPÍTULO 15 – O pontapé final na Floresta Cintilante _____ 223

CAPÍTULO 16 – Ops _____ 233

CAPÍTULO 17 – Bosque festivo _____ 235

ESTRELANDO:

Uma raposinha fofa da Cidade Grande que acha tudo incrível no bosque. Ele gosta de teatro, cheirar flores e que tudo esteja alegre sempre.

A irmã mais velha do Ted, uma raposa esperta que acha o bosque um lugar totalmente doido. Ela gosta de café, de rosnar e cuidar do Ted.

Saltitante e feroz, Willow, a coelha, tem um grande coração e uma energia infinita, mas ela bate em quem a chama de fofa, tá legal?

O prefeito do bosque. Titus é um velho cervo bondoso que sabe cozinhar e chora vendo filmes sentimentais sobre golfinhos. Quer que todos sejam gentis uns com os outros.

Uma pata muito chique que já foi atriz. É dona de uma rede de hotéis de luxo, mas atualmente vive em uma pilha de carrinhos de mercado velhos.

Uma coruja rabugenta com enormes sobrancelhas que, em segredo, gosta de todo mundo. Passa as noites lendo livros difíceis e ouvindo *jazz*.

OLÁ, TURISTAS!

Eu sou o **ERIC DINAMITE** e embora eu pareça apenas um humilde tatuzinho, também sou seu guia e amigo leal! Como vocês estão? Fizeram alguma coisa nova no cabelo? Agora, segurem-se na minha patinha (com gentileza, por favor, não quero que ela caia) enquanto embarcamos em mais uma aventura no bosque. Uhuuuul!

Ah, se vocês nunca estiveram no bosque, NÃO SE PREOCUPEM! Porque eu trouxe este mapa extremamente útil:

Ah, não, não, não! Sinto muito. Isso na verdade é o interior da minha bolsa. Ahn... alguém pode resolver isso, por favor? Estávamos atrás de um MAPA? Um MAPA, entendeu? UM MAPA!

A borboleta mais velha do mundo (feita de embalagem de salgadinho).

CAPÍTULO 1
Ginger Fiasco faz um passeio

Era uma tarde tranquila no bosque. O sol brilhava, pássaros cantavam, formigas formigavam e um esquilo voava pelos ares a uma velocidade perigosamente alta.

— Troncocuruuuuuuto! — ele gritou, antes de dar de cara com um tronco e despencar até o chão.

Um apito soou.

— Muito bem, vamos fazer uma pausa, pessoal! — piou Frank, a coruja. Frank era o treinador do time de troncocuruto do bosque. Ele tinha grandes sobrancelhas porque algumas corujas simplesmente têm.

Willow, uma coelhinha muito fofa, segurava uma bandeja com fatias deliciosas de laranja para os jogadores.

— **VAMOS, ATLETAS!** — ela berrou. — Comam esses pedaços de maravilhas frutadas! Sintam as vitaminas correndo pelas veias! Quero ver vocês arrebentando esses troncos de árvore com **MUITO** mais força!

O bando de esquilos zonzos cambaleou em direção a ela. Um deles era **ENORME** e tinha uma cauda muito cheia. Era Nancy. E ela não era um esquilo, mas, na verdade, uma raposa.

— Valeu, Willow — Nancy resmungou, agarrando um punhado de laranjas.

Nancy era a única raposa na equipe de troncocuruto do bosque, mas ela não se importava. Não era tão rápida quanto os esquilos, mas era forte, e a cauda poderosa a lançava de árvore em árvore. Assim, ela rapidamente estava se tornando a estrela do time do bosque. Nada mal para uma raposa da Cidade Grande.

— Eba! Vai, Nancy! — gritou Ted, seu irmãozinho, que acenou pra ela da linha lateral.

Ted não gostava muito de troncocuruto — ele preferia atuar, cantar e escrever poemas sobre as nuvens —, mas adorava assistir ao treino da irmã. Principalmente se ele pudesse comer bolo ao mesmo tempo.

Arquivos Informativos de Emergência de ERIC DINAMITE:

Algo me diz que vocês devem ter perguntas. Não tenham medo! Seu amigo Eric está aqui pra ajudá-los.

O que é o Bosque Grimwood?

Grimwood é um bosque muito, muito, muuuuito distante. Está cheio de árvores, lama e pedras. Tem um cheiro estranho e há muito lixo e carrinhos de mercado. Há uma torre de transmissão quebrada no meio dele que emite um zumbido estranho. Mas ele também é **DIVERTIDO** e **ÓTIMO**, e é onde se passa esta história, então é melhor se acostumarem.

O que é troncocuruto?

Troncocuruto é um esporte do bosque praticado principalmente por esquilos. Eles saltam de árvores muito altas e gritam **"TRONCOCURUTO!"**. Aí, saltam de outras árvores e tentam não tocar o chão. Devem pular pelo maior tempo possível. Isso continua por uma eternidade até que uma equipe inteira esteja no chão ou até todos os jogadores começarem a chorar.

E o que é uma coruja?

Poxa, essa é complicada. Uma **CORUJA** é um pássaro grande com um **BICO** e duas **ASAS** gigantes. Ela faz "uh-uh-uh" e pode girar a cabeça pra trás muito rápido, o que é legal e estranho.

— Nossa, só de assistir troncocuruto a gente já se cansa, né? — Titus suspirou, enfiando uma rosquinha de geleia na boca. — De onde tiram essa energia toda?

— Não faço ideia — respondeu Wiggy, cujas grandes patas seguravam um jarro de limonada. — Outro copo de bebida, camarada?

Titus era o prefeito do bosque. Ele tinha olhos imensos e gentis, chifres nodosos e um coração cheio de amor e bondade. Também gostava de cozinhar e assistir comédias românticas. O texugo Wiggy, que costumava percorrer o bosque dirigindo um jipe enferrujado, hoje relaxava em uma toalha de piquenique ao lado do Titus e do Ted.

— Você me viu distribuindo as laranjas? — perguntou Willow, ofegante, enquanto pulava de volta para a toalha de piquenique.

— Claro que sim! — E Ted trocou um "toca-aqui" com ela.

— Frank disse que, se eu continuar fazendo um bom trabalho, ele me dará um distintivo ainda maior. — Willow sorria. — E falou que eu sou a melhor assistente técnica que ele já teve.

Willow apontou pro distintivo que prendera no pelo, onde se lia "Axistente Ténica".

— Você está fazendo um trabalho fantástico, jovem Willow — garantiu Titus, gentilmente. — **BUUUURP!** Ah, me desculpem. Essa limonada gasosa me dá um gás danado. **BUUUURP!** Lá vou eu outra vez.

O súbito ataque de arrotos do Titus causou um ataque de riso em Ted e Willow.

Frank encheu o peito e gritou:

— **PIRADOS, REÚNAM-SE!**

O time se enfileirou.

— Desta vez a gente vai mesmo com tudo — Frank afirmou. — Prontos? Um... dois... três...

TRONCOCURUTO!!!

O céu foi ficando escuro à medida que os esquilos voavam no ar, saltando e quicando ao redor do campo de troncocuruto — uma clareira cercada por vários pinheiros altos.

BUM! Dois esquilos colidiram no ar. Um conseguiu chocar-se contra um galho, mas o outro caiu no chão.

BAZOOOOING! Nancy usou sua poderosa cauda para ricochetear entre alguns galhos retorcidos, suas patas nunca tocando o chão. Ela ria e seguia adiante. Isso a lembrava de quando fugia com as amigas raposas na Cidade Grande, pulando por cima de paradas de ônibus e telhados com um pacote de salgadinho na boca.

BOOOOING! Ginger Fiasco, uma fêmea de esquilo muito empolgada, perdeu o controle da sua direção e troncocurutou-se pra fora do campo.

— Eita — disse Wiggy.

Todos olharam pra cima pra ver Ginger voar pelo céu como um foguete peludo.

— Onde ela vai aterrissar? — perguntou Titus.

Todos ficaram em silêncio.

E então ouviram um fraco... muito fraco... grasnado irritado.

— Ah, ufa! — Willow soltou a respiração. — Ela pousou no laguinho.

O laguinho era o lar de muitas criaturas, mas principalmente da Ingrid — uma pata muito importante e poderosa.

Frank girou a cabeça pra encarar os que faziam piquenique e perguntou:

— Será que um de vocês poderia ir até lá e trazer a Ginger de volta? Ela sempre desmaia quando isso acontece.

— Eu vou! — Ted se prontificou, jogando a mochila sobre o ombro.

— Bom garoto! — Frank se virou pro Titus e pro Wiggy para repreendê-los por serem preguiçosos, mas os dois tinham cochilado.

Nancy notou Ted caminhando na direção do laguinho. Quando ela e o irmão chegaram ao bosque, Nancy nunca o deixava andar sozinho. Mas o bosque era a casa deles agora, e a Nancy sabia que o irmãozinho não sofreria mal nenhum.

Pelo jeito, se você virar a página, a história... continua! São invenções MARAVILHOSAS os livros, vocês não acham?

CAPÍTULO 2
Ted dá um passeio pela floresta

Ted ria consigo mesmo, saltitando pela mata. Não houve um único momento chato desde que ele e Nancy se mudaram para o bosque. Se ele não estava salvando esquilos machucados, estava ajudando Titus a fazer o Suco Energético Chifredoido, passeando de carro com Wiggy ou estrelando shows com o grupo de teatro da Ingrid, os Atores do Bosque.

Ted era uma raposinha muito feliz, mas (e esteja ciente porque este é um grande MAS) ele gostaria de saber onde os pais estavam.

Eles tinham deixado Ted e Nancy sozinhos quando filhotes no parque da Cidade Grande. Ted não sabia o porquê. Nancy passara a cuidar dele desde então. E embora eles tivessem se estabelecido no bosque, Ted ainda escrevia cartas aos pais e as enviava para a sua antiga toca na Cidade Grande. Só pra garantir.

Queridos mamãe e papai,

Nancy está ficando MUITO BOA no troncocuruto! Frank acha que ela "tem um dom". Ah, e vocês se lembram do prefeito, o Titus? Bem, eu estou ajudando ele com a sua nova receita pro Suco Energético Chifredoido. Tem urtiga nele, e o gosto é horrível, então talvez eu coloque um pouco de limonada quando o Titus não estiver olhando.

A Willow ainda é a minha melhor amiga.
Estes são os nossos passatempos mais recentes:

1. Fazer coreografias.
2. Fazer colares de margaridas.
3. Correr por aí dando risada.

A pata Ingrid anda muito rabugenta ultimamente porque a Pâmela explodiu o seu palco. Vocês se lembram da Pâmela? Aquela águia estranha que está sempre explodindo coisas? Enfim, isso significa que não haverá mais ensaios para o grupo de teatro, os Atores do Bosque. UUUUUU!
Sinto muita saudade de vocês dois. A Nancy não fala muito, mas sei que ela também

sente. Estou tão alto agora que alcanço o ombro dela. Queria que vocês pudessem ver.

Seria legal saber como vocês são também. E talvez receber alguns abraços! (Quando ninguém está vendo, a Nancy me deixa abraçá-la, o que é legal.)

Bom, eu tenho que ir porque a Willow quer procurar pedras que parecem rostos. Desenhei outro mapa, caso vocês queiram nos encontrar.

Amo vocês.
Beijos,
Ted

Mapa:

Cidade grande → Bosque

Ted

Quando Ted chegou ao laguinho, encontrou Ingrid sentada em cima de uma esquilo fêmea muito zonza em uma ilha no meio da água turva. Diziam que antigamente, quando Ingrid era apenas um filhote de uma pata,* ela tinha sido uma artista de cinema.

— É verdade! — ela grasnava se alguém lhe perguntasse a respeito. — Você não acredita em mim? COMO OUSA?! — Então ela os acertava com a bolsa pra mostrar como estava irritada.

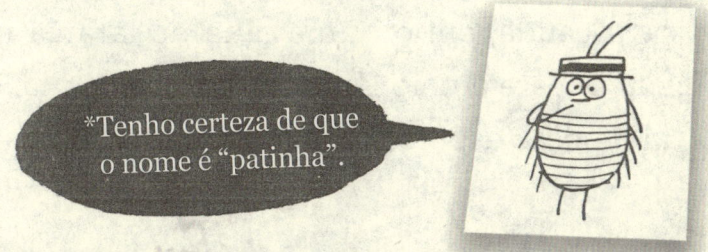

*Tenho certeza de que o nome é "patinha".

— Diga à coruja pra manter os seus pirados ridículos sob controle! — berrou Ingrid, batendo as asas, aborrecida. — Este esquilo pousou no meu ninho enquanto eu estava passando maquiagem, e agora **OLHE PRA MIM**.

— Sinto muito... — Ted pulou com habilidade de um carrinho de compras pra outro até chegar a elas. Então, ele ergueu Ginger pela cauda, enfiou uma fatia de laranja na sua boca e a colocou dentro da mochila. — Mal posso esperar para os Atores do Bosque começarem a se encontrar de novo! Quando começam os ensaios?

Ingrid suspirou de forma dramática e levou uma asa à testa.

— Querido, não tenho energia para continuar. Não desde a destruição do nosso lindo teatro. **SNIF!**

— Tenho certeza de que podemos construir um novo teatro, Ingrid — disse Ted, animado.

Mas Ingrid apenas suspirou.

— Perdi a minha inspiração — disse ela. — E do que adianta um ator sem inspiração? O que é um pato sem fazer **QUACK**? Ah! Estou desesperada, como estou desesperaaaaada.

E em seguida, segurando uma máscara de dormir, voltou para o seu quarto.

— Tchau, então! — Ted se despediu.

Ele passou pelo bosque com Ginger em segurança dentro da mochila, sentindo o cheiro leve de ovo que às vezes passava pelo ar e pulando por cima de alguns pneus abandonados. Em pouco tempo alcançou a Vila dos Coelhos, que era uma vila cheia de vacas. Mentira, era cheia de coelhos, não seja bobo. Havia centenas deles pulando por todo canto.

— Oi, Ted! — cerca de cinquenta deles disseram ao mesmo tempo.

— Olá!

Ted notou uma pilha grande de colchões molengas e cinza. Os coelhos escalavam os galhos de um pinheiro altíssimo e saltando dali como se fosse um trampolim... antes de **MERGULHAR** nos colchões. Parecia muito divertido.

— Um mumano deve tê-los descartado aqui — gritou Tyler, que Ted reconheceu como um dos 147 irmãos da Willow. — É brilhante!

Tyler ajeitou o short, limpou o nariz na pata e disparou árvore acima.

Ted deu risada e seguiu o seu caminho pelo bosque. Mas à medida que as árvores começaram a se aglomerar ao seu redor, ele se sentiu um pouco... bem, não com medo, exatamente. As coisas só pareciam um pouco escuras demais de repente. E, apesar do esquilo adormecido na sua mochila, Ted sentiu-se um pouco sozinho demais.

Então, ele começou a cantar uma canção pra si mesmo, o que era algo que sempre fazia.

Eu pulo pela mata
Tão bom este lugar
Nada me persegue
Nem vai me machucar
Tudo é muito escuro
Querendo me assustar
Mas nada me persegue
Ou me faz gritar...

— Que canção maravilhosa — disse uma voz na escuridão.

— **AAAAAAH!** — gritou Ted, e virou-se pra correr, mas deu de cara com um tronco. Ele se sentou e esfregou o focinho.

— Que... quem está aí? — choramingou. — Frank? É você? Nancy? Nancy!

Ouviu algumas folhas sendo esmagadas por perto.

— Não se assuste, pequenino — a voz se aproximava. — Não vou te machucar.

E então Ted viu algo se mexendo. Uma sombra alta; duas orelhas grandes e pontudas. E, por um segundo, um brilho prateado.

— Que... quem é você? — Ted sussurrou para a escuridão.

E então algo agarrou a sua cauda.

CAPÍTULO 3
A sombra

Ted ganiu quando foi puxado pela cauda.

— Me põe no chão, me põe no chão! — gritou ele.

Quem havia agarrado Ted o soltou. Ele caiu no chão com um grande **BAQUE**, o que o deixou zonzo.

Ted se levantou com cuidado enquanto encarava o desconhecido alto. Só conseguia reconhecer duas orelhas pontudas, um focinho e uma cauda grande e cheia...

— Você é uma raposa! — Ted arfou.

A figura misteriosa rapidamente recuou de volta para as sombras.

— Diga-me, garoto — prosseguiu a voz, grave e calma. — Onde estamos?

Ted parecia confuso.

— Ahn... no bosque — respondeu ele.

— Ah, sim, o bosque! Como imaginei.

— Quem é você? — Ted quis saber, sentindo-se mais corajoso agora que não tinha sido devorado.

— Quem, eu? Ah, ninguém. — A voz deu risada. — Bem, diga-me. Aquela grande torre de metal que vocês têm no bosque. O que ela é, exatamente?

— Ah, bem, aquela é a Torre Mágica — Ted informou. — Na Cidade Grande nós a chamaríamos apenas de torre de transmissão. Mas a Torre Mágica é diferente. Está um pouco quebrada, porque tem cabos soltos e está sempre zumbindo.

E você definitivamente não deve mastigar cabos elétricos porque é perigoso e você com certeza pode morrer. Embora Pâmela faça isso. Mas Pâmela também é perigosa.

— Pâmela? — perguntou o desconhecido misterioso.

— Sim, ela é uma águia que vive no topo da Torre Mágica. Ela tem um ninho gigante lá. A Pâmela apresenta um programa na rádio do bosque. Já ouviu falar?

— Não ouvi, não.

— Ah, é ótimo — disse o Ted. — As pessoas ligam pra lá e dão suas opiniões sobre as coisas, a Pâmela diz a elas que estão erradas e então toca uma música. É divertido!

— Vou escutar qualquer dia. Então... essa "Torre Mágica"... fornece eletricidade, né?

Ted coçou o focinho.

— Acho que sim... Ela fornece alguma coisa, sim. Creio que deixa os coelhos mais saltitantes, os esquilos mais pirados e o bosque mais fedorento...

— Hum... — ponderou o desconhecido misterioso. — Então, fornece muita eletricidade?

Ted concordou.

— Sim, eu diria que sim — ele respondeu. — **É SUPER MEGA** poderosa.

— Que fascinante — disse a voz. — Tenho que dar uma olhada nela.

— Ah, isso vai ser bem complicado! — Ted deu de ombros. — A Pâmela não deixa nenhum estranho se aproximar da Torre Mágica.

— Ou o quê? — perguntou a voz.

— Ahn, bom... Ou ela arranca sua cabeça. Ela já fez isso algumas vezes.

— Nossa...

— Sim! Ela é bem assustadora se você não a conhece — comentou o Ted. — Na verdade, ela é bem assustadora mesmo quando você a conhece.

— Entendi.

Ted, de repente, ficou um pouco nervoso. Algo a respeito de tudo aquilo parecia... esquisito.

— Acho que é melhor eu ir embora — murmurou ele. — Não tenho permissão pra falar com estranhos. E a minha irmã mais velha deve estar se perguntando onde estou.

— Sim, claro. Muito bem! — disse a voz. — Adeus então, raposinha.

— Ah, mas então você é uma raposa adulta? Me diga rapidinho, me diga, por favooooooor! — implorou Ted. E, de repente, ele queria tão desesperadamente ver o desconhecido que se lançou pra frente, tropeçou em algumas raízes e caiu de novo.

Quando olhou pra cima, o estranho tinha desaparecido.

Ted esfregou os olhos. Ele tinha conhecido uma raposa adulta de verdade? Aquilo acontecera mesmo?

— Ah, sim — confirmou Ginger Fiasco, a esquilo fêmea, na mochila do Ted. Ela havia acordado e estava comendo um pacote de salgadinho de queijo. — Isso aconteceu mesmo, uhum.

De repente, o céu escureceu. Houve um ruído terrivelmente alto, como um trovão, acima deles.

TAP-TAP-TAP-TAP!

Ted e Ginger Fiasco cobriram as orelhas e fecharam os olhos quando uma lufada de vento soprou sobre eles.

PUM! Ah, uma lufada e não bufada, me desculpe.

As árvores balançaram e a grama e as folhas foram achatadas no chão.

— O... que... está... acontecendo? — gritou o Ted.

TAP-TAP-TAP-TAP-TAP-TA...

Após alguns segundos, o barulho acabou, o vento se acalmou e a floresta parou de chacoalhar. Ted limpou a sujeira que grudara na roupa.

— **EITA!** — disse ele. — Conheci outra raposa! Uma raposa de verdade!

E, com Ginger Fiasco em segurança dentro da mochila, Ted correu pra contar aos outros.

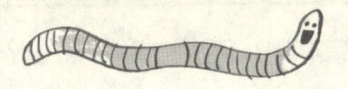

Nancy e o resto da equipe de troncocuruto tinham acabado o treino quando Ted voltou. Naquele momento praticavam ioga para esquilos e bebiam Suco Energético Chifredoido.

— Por que você demorou tanto, maninho? — Nancy quis saber.

Ginger Fiasco se arrastou pra fora da mochila do Ted, ainda agarrada ao pacote de salgadinho.

— Você não vai acreditar! — E ela estava prestes a contar a todo mundo o que tinha acontecido quando desmaiou de tanto comer salgadinho.

— Acho que vi uma raposa! — Ted ofegou. — Uma adulta!

Nancy pareceu preocupada e o agarrou, examinando o pelo dele e as orelhas.

— Ela te machucou, Ted?

Ted balançou a cabeça.

— Não, ele não me machucou, mana. Bem, ele me segurou pela cauda por um tempinho, mas tudo bem.

Willow fechou as patas fofas em um minúsculo punho.

— Eu vou bater nele! — ela berrou.

— **POR FAVOR!** — gritou Ted. — Eu estou bem, e vocês não precisam bater em ninguém. Ele era uma raposa adulta e alta. E cheirava muito bem, como livros antigos e torta de maçã.

Nancy franziu a testa, olhou pro Titus e perguntou:

— E aí? Tem ideia de quem é esse cara?

Titus deu de ombros.

— Honestamente, minha querida, estou tão surpreso quanto você! Perplexo, chocado e, de fato, surpreso.

A Nancy fez uma careta.

— Você me disse que não conhecia nenhuma outra raposa — ela comentou.

— Isso mesmo, eu não conheço — confirmou o Titus. — Mas acho que não seja impossível que haja outras raposas por aí.

Ted saltou no lugar, impaciente.

— Onde, Titus? — ele indagou. — Se houver outros lugares aqui perto onde as raposas vivem, então...

— Então o quê? — Titus, de repente, pareceu um pouco preocupado.

— Talvez... talvez elas conheçam a mamãe e o papai — Ted sussurrou.

— Ah, Ted... — Titus suspirou. — Vai saber o que você realmente viu. Parece que você tem um belo galo aí.

Ted colocou a pata na cabeça e sentiu um caroço bem acima do olho direito.

— Mas eu não imaginei nada disso, Titus — ele protestou. — Pergunte à Ginger Fiasco. Ela ouviu a conversa toda, não ouviu, Ginger?

Mas Ginger ainda estava com o rosto enterrado em uma pilha de folhas, roncando muito alto, portanto, não foi de muita ajuda.

Ted e Nancy marcharam de volta pra toca. Ted choramingava e esfregava o caroço na cabeça.

— Ah, para de chorar, maninho. Tá tudo bem. Você só bateu a cabeça, não foi?

Ted continuou chorando.

Nancy suspirou. Ela era durona, mas também uma boa irmã. Quando entraram na toca, ela colocou o irmão na cama, fez chocolate quente pra ele e entregou-lhe a Pantufa, que era uma velha pantufa na qual Ted se aconchegava desde que era um filhotinho. Era uma das poucas coisas que eles ainda tinham da sua casa na Cidade Grande.

Ted enterrou o rosto na Pantufa, e Nancy se sentou em silêncio ao seu lado.

— No começo eu pensei... eu pensei que talvez pudesse ser o papai. — Ted fungou.

Nancy passou a mão na cabeça dele.

— Nunca vi uma raposa adulta antes, Nancy.

Ela se manteve calada por um tempo.

— Ted — disse, por fim —, a verdade é que... eu não consigo me lembrar de como a mamãe e o papai eram. E isso é muito triste, mas... Eu cuido bem de você, né? Não precisamos de mais ninguém.

Ted colocou os braços ao redor da Pantufa.

— Você acha que eles estão por aí em algum lugar, mana?

— Não sei. — Nancy chacoalhou a cabeça.

— Será que estão procurando por nós? — perguntou ele, esperançoso.

— Não sei.

— Você acha que eles simplesmente... se esqueceram de nós?

Nancy se virou pro Ted e afirmou:

— Nunca. Se eles não podem nos achar é porque... bem, algo os impede. Mas os nossos pais não nos abandonariam de propósito, Ted. Tenho certeza absoluta.

Essa conversa é realmente MUITO triste, pessoal. Me dê um lenço, mas um bem grande. *FROOOOOM!* Por favor, algo alegre pode acontecer agora?

PAUSA ALEGRE

Willow, enquanto isso, saltou durante todo o caminho de volta pra casa. Fez algumas danças, comeu um montão de sonhos, tomou banho e então foi dormir e sonhou com papagaios-do-mar. **UHUUUL!**

FIM DA PAUSA ALEGRE

CAPÍTULO 4
A gralha que caiu na Terra

Naquela madrugada, o céu do bosque estava preto como tinta, salpicado de estrelas brancas brilhantes. O silêncio reinava.

Ted, sentado do lado de fora, se aconchegava embaixo de um cobertor. Ao seu lado havia um caderno, um lápis, uma garrafa com chá quente e um monte de rolos de papel higiênico presos com fita adesiva. Ele pegou o tubo longo e frouxo e observou o céu com ele.

Potinho de Molho

— O que você tá fazendo com esses rolos de papel?

— Este é o meu novo telescópio — disse Ted, com orgulho. — Estou observando as estrelas.

Nancy fez uma careta para o céu. Ela ainda estava insegura sobre as estrelas. Na Cidade Grande você não as via tanto, por causa da fumaça e poluição. Ela temia que elas pudessem cair do céu e acertar sua cabeça — mas mantinha isso em segredo. Nancy gostava de parecer forte e durona o tempo todo, e definitivamente não era alguém que tinha medo de estrelas.

O Nugget de Frango

O Clipe Torto

— Aaah, veja! — Ted apontava o dedo pro céu. — Ali está o Potinho de Molho... ali... o Nugget de Frango... e também... o Clipe Torto.

— Deixe-me dar uma olhada nesse negócio, então. — Nancy apontou pro telescópio de rolo de papel do irmão.

Ted o entregou.

Enquanto observava, Nancy permaneceu em silêncio. As estrelas eram meio que bonitas, tinha que admitir.

— Não importa quem você é ou onde mora, todos nós olhamos para as mesmas estrelas — disse Ted, com um ar sonhador. — Gosto de pensar nisso.

Mas Nancy não respondeu, por estar distraída com uma estrela particularmente brilhante. Era tão brilhante que parecia piscar. Também parecia estar se movendo.

— Ted, olha para aquela ali.

O Ted estreitou um pouco os olhos.

— **UAU!** — gritou ele. — Uma estrela cadente!

— E está vindo na nossa direção. — O pelo de Nancy se arrepiou.

A misteriosa bola de luz parecia mesmo estar zunindo cada vez mais perto, e ficando mais rápida também. Na verdade... ia cair bem no bosque!

Puxa vida!

— **AAAAH!** — berrou Ted.

Sem pestanejar, Nancy enrolou a cauda ao redor do irmão e o deitou no chão.

Houve um enorme **BUM.**

O céu ficou branco por um momento, então escureceu de novo. Após alguns segundos de silêncio, Nancy ficou de pé.

Foi aí que ouviu-se um barulho. Parecia um grito abafado.

— Por ali. Vamos. — Nancy ergueu Ted pela nuca e o arrastou consigo, correndo em direção ao som.

— Ma... ma... mas, Nancy — choramingou o Ted, que era um pouquiiiiiinho menos corajoso que a irmã. — Não sabemos quem é. Ou o **QUE** é. E se não for algo amigável?

Nancy não parou pra responder. Eles dispararam pela floresta, saltando sobre árvores caídas e moitas de vegetação rasteira.

Ouviram o barulho de novo, mais alto dessa vez.

'...UHU!'

'...UUUHHHUUUUU!!!'

As raposas espiaram a quase escuridão.
— Olá? — gritou Nancy.

'UHUUUUUUUUUUUUUU!!'

Ted e Nancy se surpreenderam. Reconheceriam aquele UHU em qualquer lugar.
— É a Soluço, a gralha festeira!

E, ao ouvir o seu nome, Soluço (no começo as raposas pensaram que Soluço era um corvo macho, mas agora sabiam que era uma gralha fêmea... ops!) conseguiu balançar um bastão neon no ar.

As raposas conheciam a Soluço, a gralha festeira, da Cidade Grande. Ela era uma LENDA no que se referia a festas, e podia começar uma festança a qualquer hora, em qualquer lugar.

Certa vez, ela organizou uma festa perto das lixeiras do **Franguinho Ligeiro** que durou tanto tempo que os dinossauros viraram galinhas. Ela podia atirar uma dúzia de confetes com o bico de uma vez só.*

Em outro momento, Soluço fez uma fila pra dançar quadrilha tão longa que terminou na Antártida. Ninguém podia festejar mais do que a Soluço. No entanto, agora ela parecia estar presa de ponta-cabeça nos galhos de uma árvore.

*Aqui quem fala é o seu guru de saúde e segurança, Eric! Por favor, não façam isso, é perigoso.

— Hora da festa... adiada! — berrou a Soluço, enquanto Ted e Nancy corriam em sua direção.

Ted tirou o cachecol.

— Soluço! Sou eu, o Ted! A raposinha da Cidade Grande, lembra?

Soluço confirmou e deu um sopro triste no seu apito.

— Segure o meu cachecol quando eu o jogar, tá? — Ted girou o cachecol por cima da cabeça algumas vezes e então arremessou uma das pontas pra Soluço. Nancy e Ted gentilmente a puxaram pra fora do emaranhado de galhos e a seguraram quando ela caiu. O tempo todo, Soluço soprava com tristeza o seu apito.

— Onde estou? **UHUUUUU!** — Soluço quis saber.

— No bosque — informou Nancy. — Como você chegou até aqui? A cidade fica a quilômetros de distância.

Soluço ajeitou o chapéu de festa cheio de glitter. Ela também tinha glitter no bico, nas penas e nos pés. Ou seja, havia muito glitter.

— Eu estava numa festa enorme na Floresta Cintilante! O pessoal resolveu me atirar de um canhão de glitter, e agora estou aqui. Não tenho ideia do que está acontecendo. Então, vamos dançar! **UHUUUU!**

— O que é a Floresta Cintilante? — Ted quis saber, arregalando os olhos.

— Vocês não conhecem a Floresta Cintilante? — surpreendeu-se Soluço.

— **NÃO!** — gritaram Ted e Nancy.

— A Floresta Cintilante é ótima! Parece com esta aqui, mas muito mais agradável. E sem o cheiro de calças mofadas. E todos lá são bonitos e cheiram bem. **UHUUUUU!** Agora dancem como robôs! — E então começou a dançar.

Ted olhou para Nancy.

— Nancy! Você ouviu isso? Floresta Cintilante! **EXISTE** um outro lugar! Talvez a raposa misteriosa seja de lá.

Nancy sentiu um arrepio de animação. Ela era uma exploradora natural na Cidade Grande. Tinha desistido de perambular quando se mudaram para o bosque, mas agora se dera conta de que sentia falta disso.

— Soluço — disse Ted —, onde fica essa Floresta Cintilante?

Soluço coçou o bico, e mais glitter caiu no chão.

— Hum, deixe-me pensar... Tá tudo tão confuso... lembro-me da limusine alongada... então de um jato particular. Havia um macaco charmoso chamado Diego... ele me deu bolinhos e me chamou de linda. O que mais, o que mais? Ah, é tudo um borrão estranho. Em algum momento eu acho que raspei as sobrancelhas de uma galinha chamada Mary. Ah, e as luzinhas! Tantas luzinhas bonitas, la la laaaaaaaaa!

— Nossa — disse Ted.

Nancy encarou a Soluço, que cambaleou por um tempo espalhando glitter no chão, e sorriu, dizendo:

— Acho que sei como encontrar a Floresta Cintilante.

CAPÍTULO 5
Saltando o pântano

Pâmela se sentou no seu ninho no topo da Torre Mágica e ajustou o binóculo de visão noturna.
— A-há! — ela gritou. — Finalmente tenho olhos de águia!

O que era algo estranho de se dizer, já que ela era uma águia.

Ela remexeu todas as tralhas que tinha reunido no ninho: fios velhos, pedaços de celulares e rádios. Encontrou um walkie-talkie enferrujado e apertou um botão. Ele chiou e zumbiu voltando à vida.

— Agente Pâmela, às suas ordens — berrou. — Nenhum alienígena detectado. Jantei lasanha. Muito boa. Câmbio e desligo.

Ela continuou a observar os céus, torcendo pra ver algo incomum.

Foi quando avistou o brilho e a luz da Soluço, a gralha festeira, caindo no bosque.

— Invasores! — Pâmela ajustou o binóculo e viu Ted e Nancy correndo para ajudar Soluço a descer da árvore. — Hum, os bichinhos laranja não parecem assustados. Interessante.

Aí, ela mexeu em um aparelho de rádio que parecia complexo e colocou fones de ouvido. Graças a uma rede desordenada de microfones que ela havia espalhado pelo bosque, agora era capaz de ouvir a conversa deles perfeitamente.

— Uma gralha festeira? Um canhão de glitter?! — Pâmela se assustou. — Preciso conhecer esse pássaro AGORA MESMO.

Depois de uma soneca, um café da manhã e um banho em uma manteigueira vazia (para a Soluço, pelo menos), Ted e Nancy partiram em busca da Floresta Cintilante.

Ted corria atrás da irmã, tentando acompanhá-la. Soluço, a gralha festeira, dentro de sua mochila, soprava um apito a cada dois segundos.

— Para onde estamos indo, Nancy? — quis saber Ted, ofegante.

Nancy apontou para o chão.

— Vamos seguir a trilha de glitter — ela respondeu.

Ao olhar para baixo, Ted viu uma linha bagunçada de brilhos coloridos. Era glitter que tinha caído da Soluço quando ela foi lançada no ar.

— EI! — Willow gritou detrás de um grande cogumelo. — Para onde estão indo sem mim?

Ela estava afundada até o joelho em Cosmicomelo, o seu lanche de floresta favorito (embora ele a fizesse arrotar incontrolavelmente) e Ted contou tudo bem rapidinho para a Willow.

O glitter os levou para além da Vila dos Coelhos. Eles pararam um pouco e observaram centenas de coelhos peludinhos se jogarem do topo de uma árvore muito alta em uma pilha de colchões.

— É a coisa mais emocionante que aconteceu em anos — comentou Willow. — Bom, desde o toboágua que fizemos com tampas de lixo, pelo menos.

— Turma, olha aquilo! — disse Ted, apontando para o caminho de glitter na frente deles.

Todos ergueram a cabeça e resmungaram. Estavam indo direto para o Pântano do Desespero.

O Pântano do Desespero era um pântano horrível e fedorento nos arredores do bosque. Era impossível de atravessar, porque, se pisasse nele, você ficaria preso na lama pegajosa e grudenta.

O glitter da Soluço tinha se misturado à lama.

— Vejam, tornou-se uma pista de dança lamacenta! — brincou Ted.

— Sim, e a gente ainda se machucaria se caísse nela. — disse Nancy.

— A-HÁ! — gritou Willow, pulando para cima e para baixo. — Tenho um plano, tenho um plano! Vamos usar os colchões! Podemos empilhá-los bem alto e então dar um SALTO enorme sobre esse pântano velho e fedorento.

— Ótima ideia! — Ted pulava de um pé para o outro.

Nancy coçou a nuca por um tempo.

— O seu plano pode não ser totalmente inútil — acabou dizendo. — Podemos usá-los como... tipo... um caminho de pedras.

— Mas todos esses colchões parecem muito pesados e eles estão cobertos de coelhos — comentou Ted.

— Conheço alguém que pode ajudar. — Nancy sorriu.

> **QUEM poderá ser? Será que... sou eu?! Vixe, eu nem penteei o cabelo ainda.**

O texugo Wiggy acelerou o motor do seu jipe. Atrás dele, uma corda longa e grossa tinha sido amarrada em volta de uma pilha alta de colchões. Cerca de um zilhão de coelhos animados seguravam os colchões juntos como um emaranhado de elásticos peludos. Era uma visão e tanto.

Wiggy buzinou.

Willow ficou bem no topo da pilha de coelhos, segurando um megafone.

— **DOBREM SUAS ORELHAS E NÃO OLHEM PARA BAIXO!** — ela ordenou.

Ela fez um joinha para Wiggy.

As rodas do jipe derraparam na lama.

— **PUXEM!** — gritou Willow. — **VAMOS, PESSOAL! VAMOS NOS MEXER!**

Milhares de minúsculas patinhas se arrastaram, até que, aos poucos, a pilha de colchões começou a se mover.

Ted e Nancy se sentaram na parte traseira do jipe e olharam para trás. O gigantesco grupo de coelhinhos, grande como uma casa, estava sendo arrastado pela floresta. Os coelhos começaram a gritar de empolgação.

— Mais rápido! — eles exigiam. — Vá mais rápido!

— Não posso olhar! — choramingou Ted por trás das patas. — Alguém vai se machucar!

Alguém pode, por favor, informar o pessoal da saúde e segurança? Isso é ridículo. Espere um pouco. Sou eu o responsável pela saúde e segurança? Oh, não...

Logo eles chegaram ao Pântano do Desespero.

Os coelhinhos soltaram as cordas e caíram no chão, comemorando.

— Isso foi a coisa mais divertida de **TODAS!** — exclamou Jacko, um dos 276 irmãos da Willow. — De novo, de novo!

Willow ficou de pé no capô do jipe e ordenou:

— AGORA, ATIREM OS COLCHÕES O MAIS FORTE QUE PUDEREM NESSE PÂNTANO HORRÍVEL.

— Uhuuuuu! — berraram os coelhinhos, que estavam prontos para o que quer que fosse.

Logo, os colchões flutuavam na superfície do pântano, como marshmallows gigantes em um mar de chocolate quente com glitter.

Nancy pulou em um dos colchões mais próximos. Ele afundou um pouco na lama. Mas depois ficou firme. Nancy ergueu o rosto e sorriu.

— Está funcionando! — ela afirmou para os outros. — Venham!

Então o caos foi instaurado. Ouviu-se um poderoso **PICÓÓÓÓÓ**, e Pâmela, a águia, mergulhou do céu.

Willow apenas sorriu e fez um "toca-aqui" com ela.

— E aí, Pâmela? — ela perguntou. — Tô curtindo o programa de rádio.

Pâmela pousara no topo do carro do Wiggy. A sua cabeça balançava enquanto ela olhava ao redor, procurando por algo. Por fim, apontou uma asa para Soluço, a gralha festeira, que estava sentada na mochila do Ted.

— Eu vim atrás de você. — Pâmela estreitou os olhos.

— Uhuuuu! — exclamou Soluço, animada.

— Soluço, essa é Pâmela — disse Willow. — Pâmela, essa é a Soluço. Vocês duas são... muito... estranhas.

— Você gosta de explosões? — Pâmela perguntou.

— Eu amo explosões! — respondeu Soluço. — Você gosta de festas?

— Eu amo festas! — Pâmela disse feliz.

Todos sentiram um zumbido de energia cósmica quando os dois pássaros se olharam.

— Venha comigo — Pâmela convidou. — Vamos ser amigas e conquistar o mundo.

Soluço concordou e soprou o seu apito. Ela fez uma dança para a águia. Então, os pássaros guincharam, chiaram e bateram as asas um pouco, antes de saltar no ar e voar para a Torre Mágica.

— Uma amizade muito perigosa acabou de se formar. — Willow suspirou.

— Adeus então, Soluço. — Ted acenou, observando os dois pontinhos no céu.

— EI! Esqueçam essas duas doidas. Por aqui! — Nancy, que já estava na metade do pântano, chamou.

Todos pularam de colchão em colchão como bolinhas de pingue-pongue, tentando não cair na lama.

Ao erguer o rosto, Willow viu que o colchão estava batendo em uma margem com grama. Eles conseguiram atravessar o pântano em segurança. Ela deu piruetas em terra firme.

— Eu sou um gênio! — cantou. — Totalmente geniaaaal!

— *Sssshhh!* — sibilou Nancy. — Quem vive aqui pode não ser muito amigável, tá bem? Fique quieta.

Todos se abaixaram atrás de alguns arbustos.

— E agora? — perguntou Ted.

— Prestem atenção aos sons — sussurrou Nancy.

Eles se concentraram o máximo possível e Willow tentou fazer com que as suas orelhas ficassem ainda mais levantadas.

Logo eles ouviram sons fracos: música, vozes e alguns barulhos leves. E então sentiram um cheiro familiar...

As caudas de Ted e Nancy se ergueram na hora.

Não havia dúvida.

— **CACHORRO-QUENTE!** — comemoraram, esquecendo-se por completo da parte em que deveriam ficar em silêncio.

— Ah, Ted — disse Willow. — Os seus olhos estão engraçados. E por que você está babando?

Ted agarrou Willow pelos ombros.

— **CACHORRO-QUENTE** — ele ofegou. — **CACHORRO... QUENTE!**

— Beleeeeeeza — Willow deu um passo para trás.

— Vamos — sussurrou Nancy, deitada no chão. — Todos vocês, fiquem abaixados. — Então, começou a se arrastar com os joelhos e cotovelos, como um soldado.

Todos a imitaram.

Willow deu risada.

— O que foi? — cochichou Ted.

— Posso ver o seu bumbum. — Willow sorria.

Ted riu também.

O grupo se arrastava de barriga pela floresta grande e escura. De vez em quando, alguém avistava algo inusitado como:

1. Alguns lança-confetes.

2. Um par de asas de anjo retorcidas.

3. Uma cartola.

4. Uma caixa de papelão que dizia "Enormes Bolinhos do Bertie Docinhos".

5. Um chapéu de bobo da corte e bolas de malabarismo.

Nancy farejou o ar. O cheiro de cebolas cozidas ia ficando mais forte. A música e as conversas se tornaram mais altas.

— Pessoal — ela sussurrou —, nada de fazer barulho ou qualquer movimento repentino, tá?

— Sim — cochichou Willow.

— Entendi — respondeu Wiggy.

— **CACHOOOORROOOO-QUEEEENTE!** — gritou Ted.

— Ted, não! — berrou Nancy, mas era tarde demais.

Ted estava em pé ao lado de um carrinho de lanche brilhante, ofegando. Uma doninha que usava um boné de beisebol e parecia confusa o encarava por trás do balcão.

— Em que posso ajudá-lo? — a doninha perguntou.

— **UM CACHORRO-QUENTE COM MOSTARDA, KETCHUP E CEBOLA EXTRA, POR FAVOR!** — gritou Ted com a língua para fora da boca.

Enquanto a doninha preparava o lanche, a respiração de Ted voltou ao normal. Ele, pouco a pouco, se deu conta de:

1. Quem ele era.
2. Onde ele estava.
3. Que Nancy disse a ele para não fazer barulho ou qualquer movimento repentino.

4. Que ele tinha feito muito barulho e vários movimentos repentinos.
5. Que Nancy estava ao seu lado rosnando.

— Ah, não! — Ted deu um tapa na própria testa. — Eu fiz de novo!

> **Não é a primeira vez que Ted se mete em problemas por causa de um cachorro-quente, sabe?**

— Eu sinto muito, Nancy — Ted choramingou. — Não pude resistir!

— Aqui está. — A doninha entregou o cachorro-quente.

— Não temos dinheiro — informou Nancy.

A doninha deu risada e disse, gentilmente:

— Não quero dinheiro nenhum, querido. Aqui é o Festival Cintilante! Tudo é de graça. Pronto, vou fazer mais alguns para vocês.

Ted comeu o cachorro-quente em duas mordidas, suspirando de alegria.

A doninha entregou mais cachorros-quentes, e então foi a vez de Willow, Wiggy e Nancy devorarem os lanches.

— Nós estamos na Floresta Cintilante? — perguntou Nancy.

— Claro que sim! — confirmou a doninha. — Quem quer um copo de refrigerante de laranja?

— Uau! — Wiggy arregalou os olhos. — Isso é absolutamente maravilhoso!

A doninha entregou-lhes quatro copos de refrigerante, todos com gelo e canudo. O grupo engoliu as bebidas num gole só.

— Certo, concurso de arroto — anunciou Willow. — Preparar, apontar, **FOGO!**

'BAAAAAARP!'

'Buuuuuuurp!'

'BooooooOORRRRRP!'

'BAAAOOOORPPP!'

— Vocês são tão infantis... — disse Nancy, mas nem ela pôde deixar de rir enquanto rolavam na grama, arrotando aos montes.

De repente, uma figura alta parou sobre eles, bloqueando o sol.

— Ora, ora, ora — comentou a figura. — O que temos aqui?

Ted engasgou.

Porque era uma raposa. Uma raposa alta e bonita, com mechas prateadas deslumbrantes no pelo. Usava uma jaqueta elegante, e os seus olhos eram reluzentes e brilhantes. A cauda era suntuosa e espessa, não desalinhada e áspera como as do Ted e da Nancy.

— Deixe que eu me apresente — ronronou a raposa. — Sebastian Cinza, prefeito da Floresta Cintilante. E quem são vocês?

CAPÍTULO 6
Santa Cintilante!

Wiggy era um texugo muito educado, então imediatamente levantou-se e limpou-se.

— Wigthorpe Barrington Mario Sinclair, mas todos me chamam de Wiggy. **ENCANTADO** em conhecê-lo, senhor!

Ele pegou a pata de Sebastian Cinza e balançou-a para cima e para baixo com força.

— Encantado — disse Sebastian Cinza, gentilmente puxando o braço de volta.

Ted, pasmo, balançando a cabeça de um lado para o outro, afirmou:

— É você! Você é ele! Eu te conheci, tipo, ontem!

Sebastian Cinza olhou para Ted, franzindo o rosto. Em seguida, rapidamente abriu um sorriso, dizendo:

— Ah, sim! Então você, de alguma forma, encontrou o caminho para a Floresta Cintilante, hein? O caminho todo desde aquele lugarzinho engraçado onde você mora. Ora, que maravilha tê-lo aqui.

Willow se jogou na frente de Sebastian e esticou uma pata para ele.

— Sou a Willow. Sou muito legal e brilhante, mas nunca me chame de fofa, tá legal?

— Eu nem sonharia em fazer isso. — Sebastian sorriu e fez uma pequena reverência. — Deixe-me ver... Se não me falha a memória, o cantinho de vocês se chama... Grizzletown, não é?

— Bosque Grimwood — corrigiu Wiggy.

— Somos seus vizinhos! — disse Willow.

— O Pântano do Desespero esteve entre nós esse tempo todo. Mas graças à minha **EXCELENTE** ideia, conseguimos atravessá-lo aos saltos! **APLAUSOS PARA MIM!** — Ela estufou o peito, orgulhosa.

Sebastian Cinza ficou calado por um momento, para depois dizer:

— Entendi. E, de fato, aplausos para você, coelhinha. Sabe, durante todo esse tempo, eu nunca soube que alguém realmente vivesse lá. Mas, enfim! Deixem-me apresentá-los à minha humilde residência.

Ele os guiou por entre um punhado de árvores, por cima de um barranco gramado e depois por uma trilha tranquila. A sua cauda brilhante balançava à medida que ele caminhava, e as mechas prateadas no seu pelo reluziam à luz do sol, parecendo muito sofisticadas.

— Bem-vindos à Floresta Cintilante! — Sebastian Cinza esticou os braços.

Ted, Nancy, Willow e Wiggy permaneceram em silêncio e observaram. Era tão bonita... Eles olharam um campo verdejante com flores salpicadas pela grama.

Em uma ponta do campo havia uma tenda branca enorme, decorada com bandeirolas com as cores do arco-íris. Na outra, um poste alto com várias fitas coloridas penduradas. No meio do campo, uma pequena fogueira, cercada por cogumelos de madeira, lenha e mesas de piquenique. Luzinhas de Natal estavam penduradas nas árvores. Pequenas velas tremeluziam dentro de lanternas. E para onde quer que olhassem, eles viam animais com pelos brilhantes e olhos iluminados comendo, dançando, cantando e rindo.

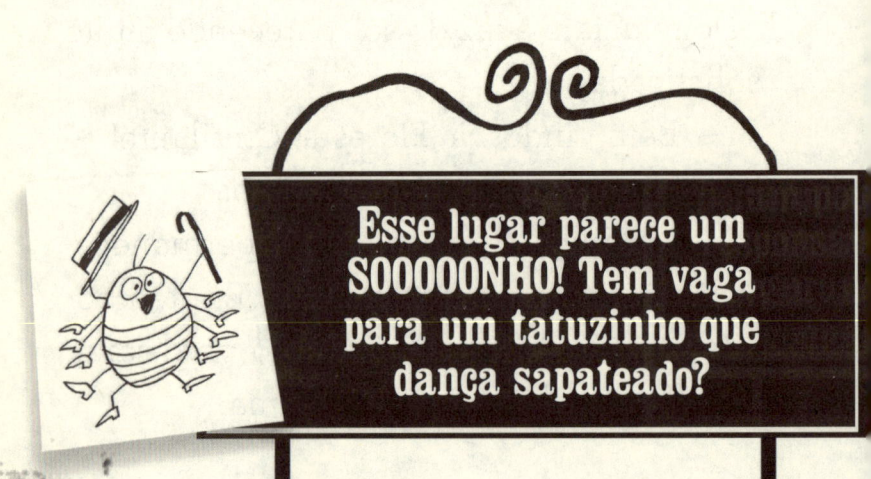

> Esse lugar parece um SOOOOONHO! Tem vaga para um tatuzinho que dança sapateado?

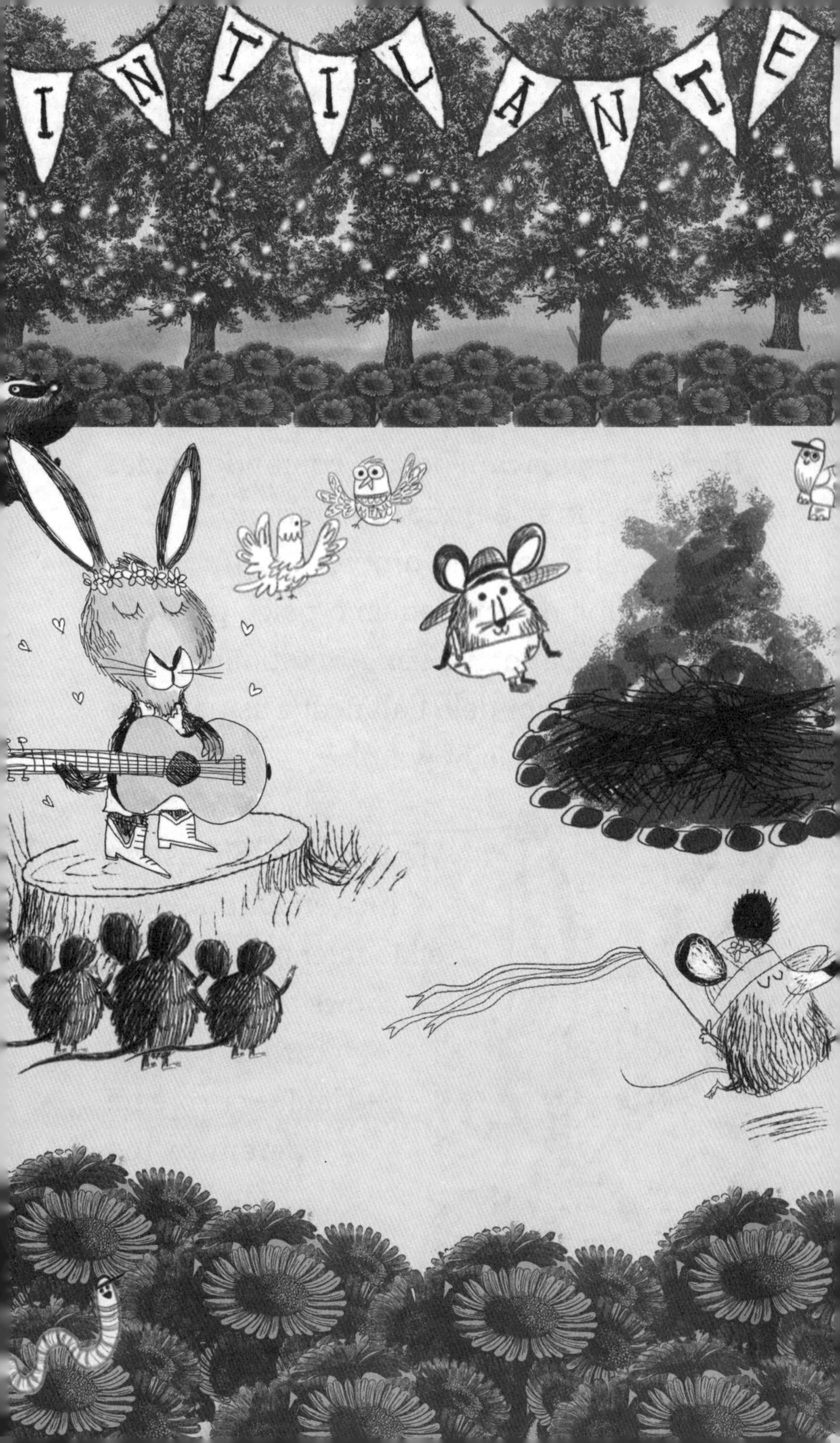
INTILANTE

— Puxa vida! — Ted pulava sem parar.

Viam-se tapetes e pufes espalhados sob os galhos de um pinheiro enorme. Animais descansavam neles, cochilando ou tomando algo, e recebendo massagens nas patas. Borboletas voavam por ali, contando piadas umas às outras e rindo. Era perfeito.

Uma lebre usando um vestido fino estava em cima de um pequeno palco perto da fogueira, tocando violão. A multidão que se reunira ao redor dela balançava as patas no ar enquanto ela cantava.

— Aquela é Anoushka Franzina. — Sebastian Cinza suspirou. — Ela é tão talentosa... Temos shows aqui todos os dias, sabem?

— Uau! — surpreenderam-se Ted e Willow.

— Também temos um pequeno teatro totalmente encantador do outro lado — disse Sebastian. — Suponho que vocês também tenham um teatro.

Ted e Willow se entreolharam, nervosos.

— Ahn... — Ted deu de ombros. — Mais ou menos.

— Há quanto tempo vocês estão por aqui? — Nancy quis saber.

— Ah, desde sempre — respondeu Sebastian Cinza. — Você encontra a Floresta Cintilante em mapas de séculos atrás.

Nancy resmungou:

— O bosque não está em nenhum desses mapas antigos, então?

Sebastian se virou para encarar Nancy. Um sorriso estranho dançou nos seus lábios. Parecia amigável, mas ao mesmo tempo não muito. Nancy não era boba. Ela já vira aquele tipo de sorriso antes.

— Não que eu saiba. — Ele balançou a cabeça. — Mas vou checar mais uma vez, jovenzinha. Eu, honestamente, achava que fosse só...

você sabe... um terreno baldio. Lixo, sujeira e vazio. Estou **CHOCADO** ao descobrir que pode ser o lar de verdade de alguém.

Nancy franziu a testa.

Willow saltou entre eles e agarrou a jaqueta elegante do Sebastian.

— Há mais coisas? — ela guinchou. — Por favor, nos mostre mais! Estou ficando **LOUCA**.

Sebastian riu.

— Claro! — ele disse. — Vocês têm que ver o Lago Cristal.

Estou gostando DEMAIS da Floresta Cintilante agora! Vocês gostaram do meu novo chapéu? Eu o comprei em uma das barraquinhas ali da esquina, não é divertido? Certo, agora vou procurar a barraquinha de pastel.

A luz ricocheteava com perfeição na superfície plana do Lago Cristal, fazendo-o cintilar e tremeluzir.

— É por isso que se chama Lago Cristal. — Sebastian Cinza estufou o peito, todo orgulhoso. — Não é espetacular?

Ele mergulhou a pata na água cristalina e fresca e levou um pouco à boca.

— **AAAAAH!** — disse ele, fazendo um estalo com os lábios. — Por favor, aproveitem. Bebam, nadem! É tudo seu.

Wiggy bebeu uma grande golada. Em seguida, entrou na água.

— Uau, é uma maravilha! — comentou.

— **BOOOOOOOOOOMBA!** — gritou Willow, mergulhando.

Ted se aproximou do lago com mais cautela, mas logo ele estava pulando e rindo.

Sebastian Cinza estalou os dedos duas vezes, e um esquilo usando um colete preto apareceu de repente, segurando uma bandeja prateada com duas xícaras equilibradas.

— Café? — Sebastian, ofereceu uma xícara à Nancy. — Eu trouxe os grãos especialmente da Guatemala. Você precisa experimentar.

Nancy amava café, e o cheiro estava bom demais para resistir. Quando tomou o primeiro gole, ela ouviu um grito familiar:

TRONCOCURUTO!!!

Ao olhar para cima Nancy viu um esquilo fêmea se atirar de cabeça no tronco de uma árvore. Ela usava um capacete que parecia profissional e elegante.

— Vocês também praticam troncocuruto aqui? — Ela deu risada. — Que demais. Belo equipamento.

Sebastian Cinza suspirou alto e revirou os olhos.

— Olá, chefe! — disse a esquilo fêmea esportista, dando um aceno.

— Olá, Reena — cumprimentou Sebastian e se virou para Nancy. — Sim. Eu não ligo muito para troncocuruto, mas isso deixa os esquilos felizes. Eles o praticam em Grimsville, não é?

Nancy fez que sim, bebendo outro gole de café.

— Você quis dizer Grimwood — ela o corrigiu. — E, sim, nós jogamos. Eu mesma jogo um pouco.

Sebastian olhou para ela, surpreso.

— Uma raposa? Praticando troncocuruto? Que coisa mais... singular. Eu realmente não entendo por que alguém gostaria de praticar troncocuruto. É um esporte tão sujo e agressivo... Há coisas muito melhores que se poderia fazer com esse tempo.

— Imagina, é incrível! — Nancy retrucou. — E eu sou muito boa nisso.

— Claro, claro. Na verdade, dizem que o nosso time de troncocuruto é o melhor que a Floresta Cintilante já teve. Mas... ah, o que sei sobre isso? Sou apenas uma humilde raposa. — E então Sebastian se esticou em uma espreguiçadeira, sua cauda brilhante reluzindo à luz do sol.

Ted, Willow e Wiggy ainda se divertiam no lago.

— Mana! — gritou Ted. — Vem nadar! É tão **TRANSPARENTE** que você não acreditaria. Não tem sacolas plásticas, nem latas, nem espuma estranha... Não parece nada com o bosque.

Ele mergulhou, fazendo barulho.

— Vou não, divirta-se aí. — Na Cidade Grande, gangues de gansos delinquentes costumavam empurrar a Nancy para dentro do rio à noite, por isso ela não gostava muito de água. Ela estremeceu com a lembrança.

Ted nadou até a orla e subiu na grama com o pelo pingando.

— Pegue! — Sebastian Cinza jogou uma toalha grossa e felpuda para ele.

— Ah, parece uma nuvem macia... — Ted secou a cauda. — Este lugar é o melhor de todos. Sr. C, posso te fazer uma pergunta?

Sebastian Cinza concordou, claramente encantado por Ted e seus olhos grandes e confiantes.

— Como o senhor faz para que os seus bigodes fiquem enrolados na ponta assim?

— Ora, toda raposa respeitável deveria usar cera de bigode, querido rapaz. — Sebastian Cinza arqueou uma sobrancelha.

— É tão legal! — Ted sorriu.

— Vocês penteiam as suas caudas, não é? — Sebastian Cinza arqueou a outra sobrancelha.

— Não — respondeu Ted, alegre. — Nós apenas as deixamos soltas, não é, Nancy?

Nancy confirmou.

— Caramba! — Sebastian Cinza os olhou com espanto. — O que os seus pais dizem disso? Uma jovem raposa deve sempre pentear sua causa. É um cuidado básico!

Ted rolou na toalha para secar as costas.

— Bom, nós não temos mais mãe e pai — disse ele. — A Nancy toma conta de mim.

Sebastian Cinza ficou em silêncio e olhou para a Nancy, que continuou bebendo o seu café, quieta.

— Nossa! Coitadinhos... O meu pai me ensinou tudo o que há para saber sobre ser uma raposa. Pescaria, caça, higiene, alfaiataria...

— Eu ensino a ele um monte de coisas — Nancy respondeu. Mas ninguém a ouviu, porque Ted agora estava sentado aos pés do Sebastian, com olhos arregalados de admiração.

— Oh, sr. C! — exclamou Ted. — Eu amaria aprender sobre tudo isso! O senhor poderia me ensinar?

Sebastian riu.

— Bem, pra começar, podemos falar desse cachecol esfarrapado que está usando. Você já considerou usar um lenço de pescoço? Nós, raposas, sempre ficamos elegantes com um lenço de pescoço.

Dando risada, Ted agarrou o cachecol com timidez.

— Que camarada encantador você é — observou Sebastian Cinza. — Você me faz lembrar de mim mesmo quando era uma jovem raposa. Um rosto tão impecável, de verdade. Você se encaixaria perfeitamente.

Nancy fez uma careta.

— Se encaixaria onde? — ela quis saber. — Aqui? Não, obrigada. Vivemos no bosque, parceiro.

Sebastian Cinza suspirou.

— Uma pena. Nós temos tanto a oferecer ao tipo certo de animal aqui na Floresta

Cintilante. Temos os campos, o lago, o teatro, o cinema, a biblioteca...

— Uau, isso parece incrível! — disse Willow, que apareceu usando um roupão macio e bebendo um copo de refrigerante de laranja. — Espera até eu contar para os meus irmãos!

Nancy olhou pra ela e torceu o nariz.

— Caramba, você está fedendo, Willow!

— Eu não! — grunhiu Willow. — Você é que fede!

— Cuidado, coelhinha... — rosnou Nancy.

— Não, cuidado você ou eu vou te ensinar uma lição! — gritou Willow.

As orelhas de Sebastian Cinza se abaixaram.

— Ah, meus amados convidados — disse em uma voz baixa e calma. — Na Floresta Cintilante não toleramos comportamentos agressivos ou desordeiros. Espero ter sido claro.

E sorriu tanto que os seus dentes refletiram a luz do sol.

— Me desculpe, sr. C. — murmurou Willow, olhando para baixo enquanto cutucava o chão com a pata.

Ted parecia em pânico.

— Sim, sinto muito, sr. C. Normalmente não somos assim. — E encarou Willow e Nancy.

— Talvez seja hora de ir para casa. — Nancy olhava feio para Sebastian Cinza.

— Sim. — Sebastian Cinza sorriu. — Talvez seja.

> **Nossa, que constrangedor. Isso me lembra de quando prendi várias das minhas patas na porta giratória do teatro, certa vez. Demorou séculos para me tirarem dali, e havia vários rostos envergonhados ao redor.**

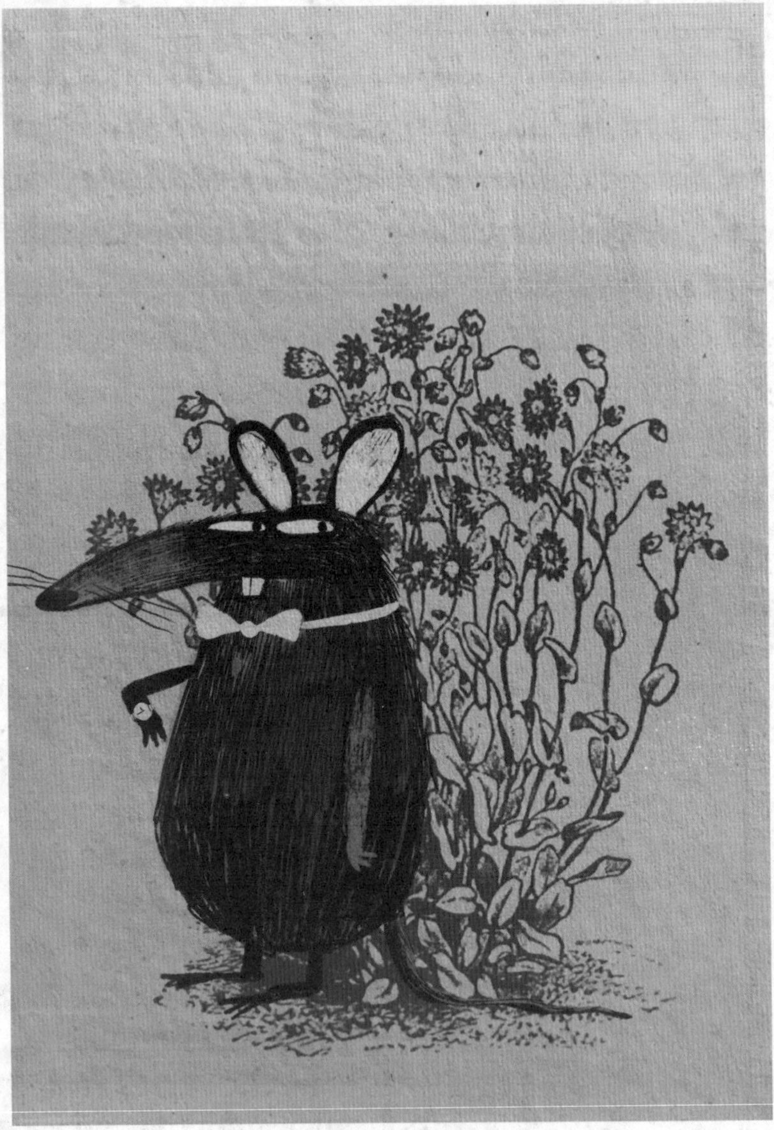

CAPÍTULO 7
Titus resmunga

Ted, Nancy, Willow e Wiggy voltaram da Floresta Cintilante e seguiram direto para o trailer do Titus. O alegre cervo estava sentado do lado de fora com Frank, comendo um enorme prato de biscoitos.

— Descobrimos um lugar novo! — gritou Willow. — Chama-se Floresta Cintilante, e é maravilhoooooooooooooooooooooooooooooooooooooooooooooooooooooooooooooooooooooooooooooooooooooooooooooooooooooooooooooooooooooooooooooooooooooooooooooso!

— E tem um **LAGO** e um teatro e todo tipo de coisas sensacionais! — Ted pulava no lugar, sem parar, com a energia a mil. — E é **TÃO** perfeito e bonito, Titus! E tomamos refrigerante de laranja de graça! Mas então Willow se estranhou com a Nancy e tivemos que ir embora.

Titus abriu a boca, chocado, e metade de um biscoito caiu.

— Sim, e tem um prefeito também — disse Nancy. — Uma raposa. Um sujeito chamado Sebastian Cinza. Cara chique. Não sei qual é a dele.

— Ele é **TÃO** legal! — Os olhos do Ted brilhavam. — Uma raposa adulta de verdade, Titus!

— Basicamente — continuou Willow —, a Floresta Cintilante é como o bosque, mas **MUITO** limpa, divertida e mil vezes melhor em todos os sentidos.

Wiggy notou que, de repente, Titus parecia muito triste e tinha parado de comer os biscoitos.

— Você disse que... existe outro prefeito? — sussurrou Titus.

— Sim, ele é só uma raposa velha e boba — afirmou Wiggy, gentilmente, colocando a sua pata de texugo no ombro do Titus. — Bom, uma raposa elegante com olhos brilhantes, uma cauda espessa e uma jaqueta fantástica. Mas ainda assim, uma raposa velha.

Uma lágrima grossa rolou pelo rosto do Titus.

— O que há com ele? — perguntou Nancy.

Então Titus jogou o prato de biscoitos no chão e soluçou alto por entre os cascos.

Frank balançou a cabeça.

— Vocês sabem como ele é sensível. Não tinham nada que ir para lugar nenhum! — Frank deu uma bronca e colocou uma grande asa ao redor do Titus.

— Sempre tive medo disso. — Titus fungou. — De existir um **NOVO** lugar. Um novo lugar emocionante que todos amam tanto que deixam o bosque para sempre e eu fico completamente sozinhooooooooooo.

Ele chorou tanto que as lágrimas afogaram a Madame Evelyn Taylor, uma mosquinha que estava pousada na mesa cuidando da própria vida.

Descanse em paz Madame Evelyn Taylor "Nós mal conhecíamos você"

Willow subiu no colo do Titus, enfiou as patas no fundo das suas narinas gigantes para tentar parar o catarro e afirmou:

— Nós nunca abandonaríamos você, Titus. E nunca deixaríamos o bosque também. É o nosso lar! Embora eles tivessem cachorros-quentes de graça.

De repente, um som estrondoso e baixo fez o chão tremer e sacudir.

BIIII-BIIIII! PASSANDO!

— Abram caminho, seus manés, abram caminho!

Era o jipe dos texugos, conduzido pelo irmão mais velho do Wiggy, o Monty. Na parte traseira, estavam seus três outros irmãos, todos chamados Jeremy. O carro derrapou até parar bem na frente do Wiggy.

— Ah, oi, mano! — cumprimentou Monty.

Wiggy parecia confuso.

— Pra onde vocês estão indo? — perguntou ele.

Monty ajustou os óculos de sol.

— Floresta Cintilante, parceiro — ele disse. — Já ouviu falar? Tem um boato rolando de que é um lugar de primeira! Dizem que tem um lago enorme, quadra de tênis, refrigerante de laranja, um restaurante chique...

— Sim, eu acabei de voltar de lá — falou Wiggy. — Vocês iam embora sem me avisar?

Monty deu de ombros.

— Foi mal, meu chapa. — Monty conferiu o pelo no retrovisor do carro. — Talvez você deva ficar aqui com os seus amigos esquisitos. Parece mais o seu estilo de lugar, não acha?

— Ah... — Wiggy olhou para os próprios pés.

— Tchau, Wiggster — Jeremy se despediu.

— Até mais, mano — foi a vez do Jeremy 2.

— Você pode ficar com a minha cama — disse o pequeno Jeremy 3, que era o Jeremy mais legal.

E eles foram embora, deixando Wiggy para trás.

Nancy o abraçou.

Ah, não! Que desagradável.

— Ei — ela disse. — Você tá bem?

Wiggy disse que sim e enxugou as lágrimas na sua velha gravata escolar.

Titus suspirou.

— Eu sabia... está começando! — disse ele. — Os texugos deixaram o bosque. Quem será o próximo?

— Um bando de ARRUACEIROS! — grasnou Ingrid, que dormia no teto do trailer. — O bosque está bem melhor sem eles.

— Já sei! — Willow se mostrava animada. — Vamos tornar o bosque **CHIQUE, EMPOLGANTE E CHARMOSO**, e então todo mundo vai querer continuar aqui! Porque, no momento, ele é fedorento, imundo e parece uma lixeira enorme.

Titus coçou o focinho.

— Talvez você tenha razão, jovem coelha. — Ele chacoalhou a cabeça. — Tá, ninguém se mexe. Eu volto logo!

E saiu correndo feito louco colina abaixo gritando "uuuuíííííííííí!", o que é algo que você deve fazer quando desce muito rápido uma colina.

Todos esperaram, e esperaram, e esperaram.

Esperaram tanto que Ted escreveu um poema, Willow fez a maior pulseira de margaridas do mundo e uma vespa chamada Igor morreu de tédio. Várias horas depois, Titus escalou a colina com um quadro e um graveto pontudo.

— Meus queridos! Tenho alguns planos empolgantes para o futuro do bosque! — Entusiasmado, ele apontou para uma folha de papel no quadro, que dizia:

OS GRANDES PLANOS DO TITUS

PLANO NÚMERO UM:
Construir um estádio GIGANTESCO de troncocuruto para sediar torneios com times vindos do mundo todo. Precisaríamos construir hotéis, uma malha rodoviária eficiente e um pequeno aeroporto. Nós também precisaríamos cortar a maioria das árvores e viver em pequenos quartos de hotel cinza e sem janelas.

— Próximo — gritou Frank.

PLANO NÚMERO DOIS:

Aquário do bosque!
Convidar alguns tubarões, um polvo gigante e algumas baleias para viverem no bosque. No entanto, também precisaríamos de vários tanques de peixes e muita água.

— Próximo — gritaram todos.

PLANO NÚMERO TRÊS:

Espalhar mel e cola em tudo; assim, sempre que alguém visitar, ficará preso e não poderá ir embora.

— Eu gostei! — disse Willow.

Frank voou até Titus e segurou um dos seus cascos.

— Não acho que nenhum desses planos irá funcionar, chefe — afirmou ele, com gentileza.

Titus suspirou. Então, deu um tapa no próprio joelho.

— Certo, é isso. Vou dar um pulo na Floresta Cintilante agora mesmo. Eles são nossos vizinhos, então é importante que eu seja amigável e me apresente. Afinal de contas, esse é o nosso jeito de ser.

Todos saltaram nos colchões para atravessar o Pântano do Desespero, exceto Frank, que voava baixo por sobre a cabeça de todos. Quando o grupo se aproximou da margem do pântano, ouviu um pio baixo do Frank, e ele apontou a asa para algo que surgia à frente deles. Era uma cerca alta, feita de um emaranhado de metal e madeira, com um arame farpado horroroso em cima.

Ted parecia confuso. Tinha certeza de que a cerca não estava lá antes. Ele correu até ela e viu uma placa, que dizia:

> **PROPRIEDADE PRIVADA MANTENHA DISTÂNCIA!**
> Principalmente se você for feio e fedorento.
> Obrigaaaaaaaaado!

— Eita! — exclamou Willow. — Isso é a coisa mais mal educada que eu já vi. Mas não tô nem aí, eu posso escalar esse negócio em cinco segundos.

Ela agarrou-se à cerca com ambas as patas.

ZZZZZZZZZAAAAAAPPPPPP!

E voou alto pelo ar.
— Willow! — gritou Ted.
O cheiro de fumaça e pelo chamuscado soprou em torno da cerca.
Ted saltou de volta pelo caminho até encontrar Willow com o rosto enterrado em um dos colchões.

— **QUE GROSSERIA!** — disse Willow levemente eletrocutada. — Vou arranjar briga com aquele Sebastian Fulano por isso.

— Hum... Não é muito hospitaleiro, hein? — Nancy fez uma careta, observando a horrível cerca elétrica.

— Tenho certeza de que houve um engano. — Ted chacoalhou a cabeça. — O Sebastian Cinza foi **TÃO** amigável com a gente! Aposto que ele vai ficar muito irritado quando descobrir que alguém ergueu essa cerca horrível!

Nancy ergueu as sobrancelhas e olhou pro Titus. Era um olhar que dizia: "Algo estranho está acontecendo aqui, mas eu não quero assustar o meu irmão."

Então Titus apenas afagou a cabeça do Ted com gentileza, dizendo:

— Você provavelmente está certo, amiguinho. Tentarei encontrá-lo em outro momento. Vamos para casa.

ÚLTIMAS NOTÍCIAS!

Eu gostaria de interromper esta história para anunciar...

O GRANDE DESAFIO DO OVO DO BOSQUE!

****

Quem consegue comer a maior pilha de ovos? Vamos descobrir!

Frank: 36 ovos

Nancy: 50 ovos

Ingrid: "Como você se atreve?!"

Wiggy: 390 ovos

Titus: 2 ovos ("Em um brioche tostado com um pouco de queijo ralado, por favor")

Ted: 15 ovos

Ovoberto Santovo, o famoso cavalo comedor de ovos de Amsterdã: 34.565 ovos.

> Bom, essa competição já tinha um favorito desde o começo, não é?

CAPÍTULO 8
O Grande Plano do Sebastian Cinza

Do lado de fora do trailer do Titus, havia troncos para se sentar e mesas para colocar as patas e xícaras de chá. Aquele era, normalmente, um lugar alegre, mas esta manhã o clima era deprimente. Titus bateu com força o bule de chá na mesa e suspirou. Ele estava comendo uma grande tigela de

CEREAL PUNITIVO.

— Ah, hum... — Frank desceu para se sentar ao lado dele. — Cereal Punitivo, o meu favorito!

Titus resmungou. Cereal Punitivo era o pior café da manhã de todos, e ele só o comia quando estava triste, porque ele o deixava ainda mais triste, e, às vezes, isso parece a coisa certa a se fazer.

E não se preocupem, meus amigos, porque **AQUI** está a receita de...

CEREAL PUNITIVO

Ingredientes:
3 gravetos, partidos em pedacinhos
½ colherada de areia
10 pedrinhas
5 folhas
1 cebola pequena, velha e macia com estranhos pedaços nodosos crescendo dela
2 conchas de caracol vazias para decoração

Preparo:
Coloque todos os ingredientes em uma tigela. Adicione leite. Bom apetite!

Olá! Sou o Eric Saúde e Segurança Dinamite e estou aqui pra pedir que você NÃO faça ou coma Cereal Punitivo, porque tem um gosto horrível e você pode passar mal, o que seria muito triste. Obrigaaaaaado!

— Estou me sentindo arruinado e apavorado, Frank. — Titus balançava a cabeça de um lado pro outro. — Arruinado e apavorado!

— Ora, não fique tão aborrecido, Titus — disse Frank.

— Sim, você está fazendo um escândalo ao estilo Titus por conta de nada. — Ingrid saiu do trailer com um suco de tomate gelado e um potinho de azeitonas. — Temos alguns vizinhos. E daí? O lugar deles é mais agradável. E daí? Eles ergueram uma cerca elétrica para nos manter distantes. Quem se importa? Eu que não. Eu não dou a mínima.

E jogou uma azeitona no bico.

De repente, o céu ficou escuro e um barulho muito alto assustou os amigos.

TAP-TAP-TAP-TAP-TAP...

Todos se esconderam debaixo da mesa quando um vento forte soprou sujeira e folhas no ar.

Ao abrirem os olhos, depararam com um sujeito alto e bonito, com pelo lustroso e uma cauda espessa, descendo de um helicóptero prateado brilhante.

— É ele — grunhiu Titus.

Sebastian Cinza caminhou até o trailer. Atrás dele corria um furão, carregando rolos de papel que ele estava quase deixando cair. E atrás do furão vinha uma lebre muito séria, que carregava uma maleta vermelha.

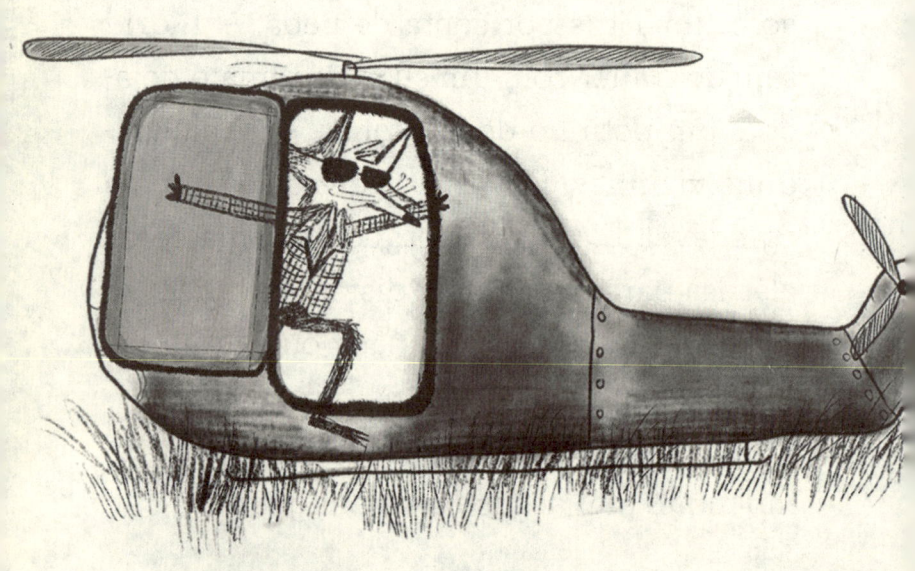

— Titus! — ressoou Sebastian Cinza. — É Titus, não é?

Titus ergueu-se do chão, limpou-se e assentiu.

— Olá! Sou Sebastian Cinza. Talvez alguns dos seus... amigos tenham mencionado o meu nome.

— Titus Chifredoido, ao seu dispor! Dou boas-vindas a você e aos seus amigos ao bosque Grimwood.

E fez uma reverência estranha.

— Adorável! — Sebastian Cinza Sorriu. — Gostaria de saber se você tem tempo para uma conversinha.

— Tá maluco! — gritou Titus. — Ahn, desculpe-me, quero dizer, sim, claro.

Sebastian ergueu as sobrancelhas e empurrou o furão para a frente.

— Esta é a minha sócia, Susan Rins — apresentou Sebastian.

Susan fez uma reverência, derrubando de imediato todos os rolos de papel.

— E esta é minha advogada, Fatima Hostil — ele continuou.

A lebre deu um aceno rápido e sério.

— Alguém quer pão doce? — ofereceu Titus, abatido.

— Não, obrigado. Estamos aqui para discutir assuntos importantes, senhor Chifredoido. — Sebastian Cinza se sentou sem pedir permissão e acenou para Susan Rins.

Ela abriu um dos rolos de papel na mesa, colocando pedrinhas nos cantos para mantê-lo aberto.

— Puxa... — Titus franziu a testa. — O que é isto?

— Um mapa que está há anos na biblioteca da Floresta Cintilante — respondeu Sebastian Cinza, todo imponente. — Depois que ouvi falar do bosque, fiz algumas pesquisas, e sem querer o encontrei. Não temos sorte?

Titus se inclinou pra frente pra ver mais de perto, mas foi golpeado no focinho com uma régua.

— Você **NÃO** está autorizado a olhar o mapa — ralhou a Fatima Hostil, que era a dona da régua.

— O que temos aqui — comentou Sebastian Cinza — é um mapa da Floresta Cintilante. E, suponho, do bosque. Veja, a fronteira de Floresta Cintilante está aqui.

Susan Rins traçou um círculo enorme na maior parte do mapa.

— Agora você pode olhar o mapa. — Fatima Hostil empinou o focinho.

Titus tornou a franzir a testa ao perguntar:

— Então onde está o bosque? É aquele manchinha vermelha ali?

Sebastian Cinza olhou com atenção.

— Ah, não, aquilo é um respingo de geleia de framboesa do meu bolinho de café da manhã — respondeu ele.

Susan traçou um círculo muito menor com o seu graveto.

— Está vendo esta área aqui, né?

— Essa que diz "terreno baldio improdutivo"? — perguntou Titus.

— Exato. — Susan empurrou os óculos até a parte de cima do focinho. — Esta área que vocês chamam de "bosque Grimwood" é, na verdade, esse pedaço de terra suja e inútil **DENTRO** da fronteira da Floresta Cintilante.

Titus fez uma careta.

— Eu... eu não entendo — murmurou ele.

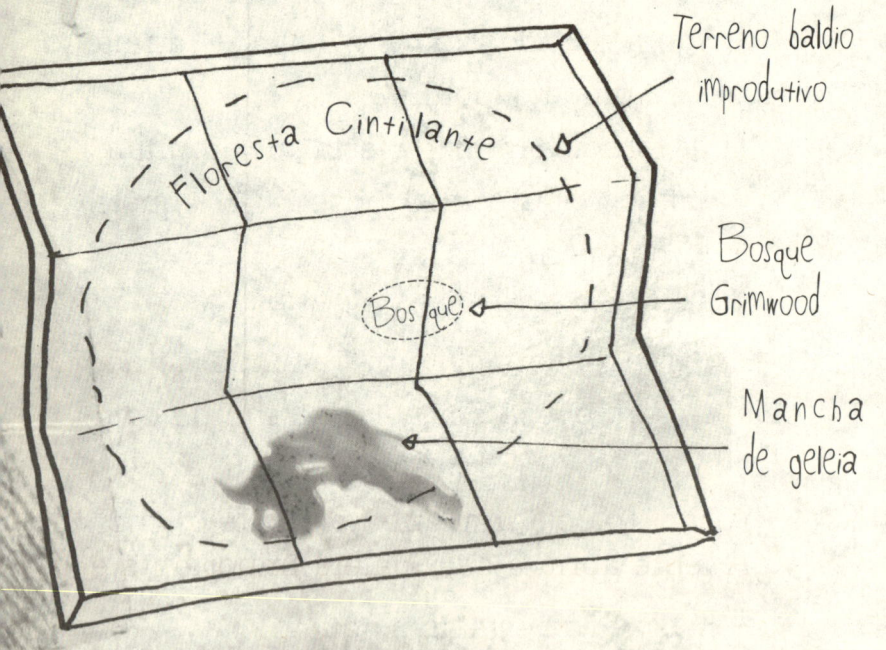

Floresta Cintilante
Terreno baldio improdutivo
Bosque Grimwood
Mancha de geleia

— Isso significa, velho camarada, que o bosque não existe! — Sebastian Cinza uivou e esticou os braços. — Isto... tudo isto... pertence à Floresta Cintilante! Você pertence à Floresta Cintilante!

Então ele jogou a cabeça para trás e gargalhou.

Frank pousou nos chifres do Titus.

— Olhe aqui, rapaz — disse ele ao Sebastian Cinza —, nós tentamos visitar vocês e fomos eletrocutados pela sua cerca elétrica. Não foi muito amigável, foi? Então, sugiro que você dê o fora daqui rapidinho.

Sebastian Cinza acenou com a pata para Frank.

— Ora, sem ressentimentos, senhor Coruja! E eu sinto **MUITO** sobre a cerca. Mas, ultimamente, temos recebido um bando de... ahn... convidados de outros lugares e, bem, não posso deixar que qualquer um entre na Floresta Cintilante, posso? Fatima, mostre a ele o Estatuto da Floresta Cintilante.

A lebre abriu a sua maleta importante e tirou uma folha de papel brilhante.

O Estatuto da Floresta Cintilante

Os animais que vivem na Floresta Cintilante NÃO podem:
1. Ter bigodes
2. Ficar tristes, chateados ou deprimidos **NUNCA**
3. Ter focinhos catarrentos
4. Soltar pum ou arrotar
5. Ter um rosto torto

Os animais que vivem na Floresta Cintilante PODEM:
1. Ter uma aparência totalmente fantástica e sorrir o **TEMPO TODO**
2. Falar pelo menos três idiomas
3. Ser cheirosos o **TEMPO TODO**
4. Ser ótimos em matemática e gramática
5. Ser capazes de desenhar um círculo perfeito sem nenhuma oscilação

(O não cumprimento de qualquer uma das regras acima resultará na sua prisão imediata, a menos que estejamos de bom humor. Obrigaaaaaaado! ☺)

— Hunf — grasnou Ingrid. — Ridículo! Essas condições não têm sentido algum!

— Receio que seja ilegal dizer isso — comentou Fatima Hostil, tirando algumas algemas da sua maleta. — Você está presa.

Sebastian Cinza riu.

— Calma, calma, Fatima — disse ele. — Vamos ser gentis.

Fatima encarou a pata, mas lentamente baixou as algemas.

Enquanto isso, Ted e Willow caminhavam em direção ao trailer de Titus para tomar chá e conversar. Ted ficou surpreso quando viu o balançar elegante da cauda do Sebastian Cinza.

— Senhor Cinza, olá, senhor Cinza! — gritou Ted, correndo até ele.

— Ah, os charmosos filhotes! — disse Sebastian Cinza. — Ora, Ted. Seu pelo está fantástico hoje.

Ted riu e corou.

— Ah, crianças... — Titus andou de costas até uma velha e enferrujada espreguiçadeira. — O nosso novo vizinho, Sebastian Cinza, descobriu algo muito terrível!

Sebastian Cinza se inclinou e agarrou o casco do Titus.

— Pronto, pronto, meu velho camarada — ele ronronou. — Não é um desastre, é?

— O que aconteceu? — A cauda do Ted baixou.

— Na verdade, são notícias **MARAVILHOSAS** — rebateu Sebastian Cinza. — Isto — disse ele, apontando para o bosque —, tudo isto... se tornará parte da Floresta Cintilante!

Ted e Willow, surpresos, olharam para Titus, que concordou com tristeza.

— S... sim. Parece que ele encontrou uma espécie de mapa — comentou ele, ainda mais abatido. — O que significa que o bosque Grimwood não vai mais existir.

— E não é só isso. — Sebastian Cinza sorriu. — Agora que a Torre Mágica pertencerá a mim... Ou melhor, à Floresta Cintilante, terei energia o suficiente para finalmente construir ISTO!

Ele acenou para Susan Rins, que abriu outra folha de papel enorme...

CINZAVILA

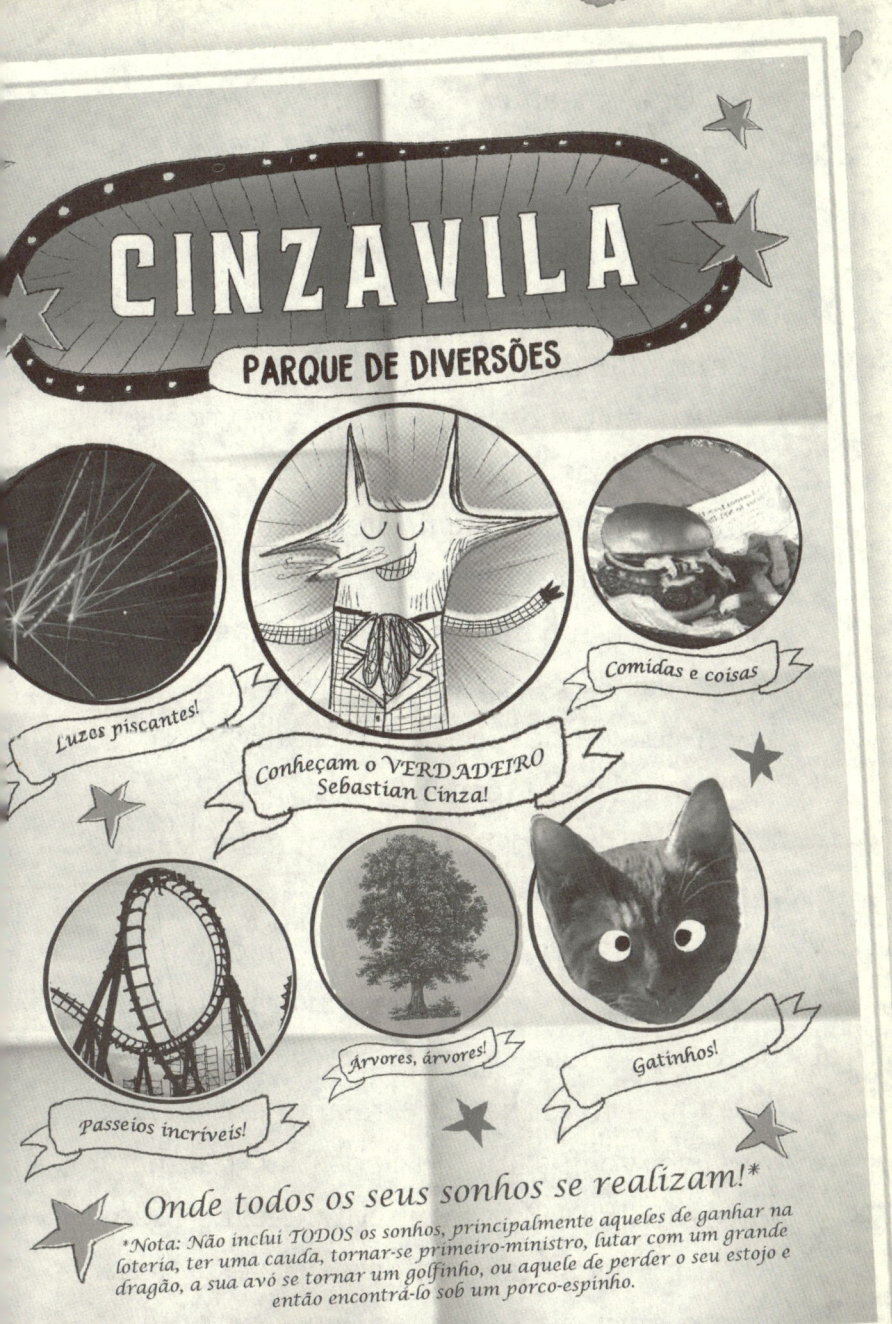

PARQUE DE DIVERSÕES

Luzes piscantes!

Conheçam o VERDADEIRO Sebastian Cinza!

Comidas e coisas

Passeios incríveis!

Árvores, árvores!

Gatinhos!

Onde todos os seus sonhos se realizam!*

*Nota: Não inclui TODOS os sonhos, principalmente aqueles de ganhar na loteria, ter uma cauda, tornar-se primeiro-ministro, lutar com um grande dragão, a sua avó se tornar um golfinho, ou aquele de perder o seu estojo e então encontrá-lo sob um porco-espinho.

— Uaaaaaaau! — exclamou Willow. — Olha o tamanho dessas montanhas-russas!

— Uau! — Ted ecoou. — Esse lugar parece incrível!

O sorriso de Sebastian Cinza ficou ainda mais largo.

— Ah, eu estava esperando que você gostasse — disse ele. — Será uma verdadeira mina de ouro. Os visitantes virão de todos os lados. Será o lugar mais empolgante da face da Terra! Eles vão andar nas montanhas-russas, comprar produtos, tirar fotos in-crí-veis de nós, e eu ficarei zilionário!

Fatima Hostil tossiu.

— Desculpe, eu quis dizer que nós vamos nos tornar zilionários. — Sebastian Cinza gesticulou para todos. — E agora que podemos construir no bosque, haverá muito espaço para todas as outras coisinhas.

— Que "coisinhas"? — resmungou Frank.

— Ah, você sabe... — Sebastian balançou a pata no ar. — Coisas entediantes. Estradas. Arranha-céus reluzentes. Um estacionamento de vários andares. Uma gigantesca estátua minha.

— Hum, e onde exatamente isso tudo será construído? — Titus, nervoso, quis saber.

— Bom — começou o Sebastian, afagando os bigodes enquanto pensava —, na verdade, estamos bem no local onde o estacionamento de vários andares será construído, não é, Susan?

Susan concordou. Ela estava perambulando por ali, medindo com concentração o terreno e as árvores. De vez em quando ela parava e anotava os números em um caderninho.

De repente, foi ouvido um rosnado baixo. Todos se viraram para olhar pra Nancy. Ela encarava o Sebastian Cinza, que, fingindo ignorá-la, completou:

— De qualquer forma, Titus, a outra coisa é que você não será mais o prefeito do bosque. Mas isso vai ser tão ruim assim? Você merece um descanso. Portanto, apenas assine estes papéis e caso encerrado.

Fatima abriu a sua maleta e tirou uma pilha de papéis.

— O que exatamente estarei assinando? — perguntou Titus.

— Um contrato muito maçante — afirmou Sebastian. — Só diz que o bosque se tornará Floresta Cintilante, eu serei o prefeito de todos os lugares e serei dono de tudo, blá-blá-blá. Chato, chato, chato.

Titus arfou.

Frank piou.

Willow rosnou.

Ted choramingou.

Ingrid botou um ovo.

E Nancy marchou em direção à Fatima Hostil, agarrou os papéis e os comeu.

— Nancy! — gritou Ted.

Sebastian Cinza sorriu para Nancy, mas os seus olhos brilharam, furiosos.

— Nem vem, não vamos assinar nada — garantiu Nancy, com pedaços de papel espalhados aos seus pés. — Você não pode nos obrigar.

Sebastian Cinza cruzou os braços e estreitou os olhos.

— Senhor Cinza — disse o Titus —, o bosque é o nosso lar. Eu amo cada animal que vive aqui. Não posso apenas... assinar e abrir mão de tudo.

— Eu entendo, velho cervo — afirmou Sebastian Cinza com uma voz menos amigável do que antes. — Mas o mapa claramente indica que tudo pertence a mim.

— Então, o que acontecerá com a gente quando você destruir o bosque com o seu parque de diversões estúpido? — rosnou Nancy.

Sebastian Cinza deu uma risada.

— Ah, não se preocupe, sua coisinha mal-humorada. Haverá muito espaço para todos.

Mas Nancy não estava acreditando.

— Sério? E quando não estivermos à altura das suas regras? Vai nos jogar na cadeia, é? — Nancy arrancou o Estatuto da Floresta Cintilante de Fatima Hostil. — Isto é um monte de besteira! Nenhum de nós vai "sorrir o tempo todo", ou "ter uma aparência totalmente fantástica", ou "falar pelo menos três idiomas".

— Sim, e a parte sobre desenhar um círculo me deixou preocupado. — Titus arqueou uma sobrancelha. — Não tenho o dom para as artes.

Sebastian Cinza apoiou o punho fechado na testa.

— Bom, sendo assim, talvez vocês tenham que ir embora e viver em **OUTRO LUGAR!** — gritou ele, os olhos, de repente, brilhando de raiva.

O lábio de Ted tremeu.

— Por favor, não grite conosco, senhor Cinza — ele pediu, baixinho.

— Ah, jovem Ted. — Sebastian Cinza estendeu a mão para bagunçar o seu pelo. —

Você não deve se preocupar. Vejo um futuro brilhante pra você aqui na Floresta Cintilante, meu querido! Ora, você pode até ser meu assistente. Gostaria disso, não é?

Nancy caminhou até ele e bateu na pata do Sebastian para afastá-la da cabeça do Ted.

— Agora, ouça. Você não pode simplesmente chegar voando aqui e tomar o bosque — Nancy afirmou. — Eu não gosto de valentões. E você, camarada, é um valentão.

Sebastian soltou um rosnado baixo e grave.

— Eu posso fazer o que eu quiser — disse ele. — Na verdade, podia mandar todos vocês embora daqui agora mesmo, se eu quisesse.

Todos ficaram chocados.

— Você não faria isso com a gente de verdade, faria, senhor Cinza? — Ted achava que Sebastian Cinza era legal e bacana, e vê-lo agindo assim machucava a sua cabecinha.

A mente da Nancy estava a mil. Ela precisava salvar o bosque e todos que viviam ali. O seu cérebro zumbia, zunia e tinia. A distância, ela ouviu um barulho, e então uma pequena explosão. Era só a Pâmela e a Soluço fazendo alguns experimentos na Torre Mágica.

E foi **ENTÃO** que ela teve uma brilhante ideia.

Seria complicado. Mas foi a única coisa em que conseguiu pensar.

— Tá bom, Cinza — ela disse. — Você quer a Torre Mágica, não é?

Sebastian examinou as suas garras e bocejou.

— Sim, tipo, é ÓBVIO — ele suspirou.

— Então você tem um problema. — Nancy esboçou um sorriso malicioso. Ela olhou pro Frank e piscou. — E ela é um problema DOS GRANDES. Frank, você pode chamar a Pâmela, por favor?

Frank segurou o apito de troncocuruto no bico.

Ele o soprou bem alto, três vezes.

— Mas qual é o... — Sebastian ia dizendo.

Um **CUÁÁÁÁÁÁÁÁ** muito alto se fez ouvir.

Fatima Hostil e Susan Rins gritaram ao mesmo tempo e se esconderam embaixo do trailer de Titus.

— ... problema de vocês?

Pâmela desceu das nuvens toda imponente.

— O que você quer, Frank? — ela gritou. — Estou muito ocupada explodindo coisas! **CUÁÁÁÁ**.

Então Pâmela avistou Sebastian Cinza.

— E quem é **VOCÊ**? — Ela fez cara feia. — Quer participar do meu show na rádio? Hoje os tópicos são: as barras de chocolate estão diminuindo? Deveríamos deixar bebês terem tatuagens? Todos os lêmures são desonestos?

Sebastian Cinza parecia confuso.

— Só estávamos contando a ele sobre a Torre Mágica, Pâmela — disse Nancy como quem não quer nada.

Os olhos de Pâmela se transformaram em pires gigantes, e ela começou a grasnar muito alto:

— **NINGUÉM TEM PERMISSÃO DE SE APROXIMAR DA MINHA TORRE A MENOS QUE EU DEIXE! NEM AS MINHOCAS, OU OS PÁSSAROS, OU OS ALCES, OU OS ALIENS, OU AS FORMIGAS MINÚSCULAS QUE ANDAM EM UM ÔNIBUS MINÚSCULO, OU OS CAVALOS, OU AS VACAS, OU AS VACAS VESTIDAS DE CAVALOS, OU OS...**

Frank soou o apito outra vez.

— Calma, Pâmela, calma — ele piou até ela se acalmar.

Sebastian, enquanto isso, parecia ainda mais alarmado.

— E o que você faz com estranhos que se aproximam demais da Torre Mágica, Pâmela? — perguntou Nancy, sorrindo.

Dessa vez, os olhos de Pâmela se estreitaram até virarem uma fenda. Ela arrepiou as penas, abriu as asas gigantescas e começou a saltar de um pé para o outro.

— **EU ARRANCO A CABEÇA DELES!**

— Foi o que pensei. — Frank fez uma pequena reverência. — Só queríamos ter certeza. Obrigado, Pâmela.

— *Adiós!* — despediu-se Pâmela. — **CUÁÁÁÁÁÁÁÁ!**

Ela saudou Titus e lançou-se no ar.

Ted olhou pro Sebastian Cinza.

— Eu te falei dela quando nos conhecemos, lembra? — ele comentou, em voz baixa.

— Pois é — disse Titus. — Mesmo que eu assinasse a entrega do bosque, a Pâmela provavelmente acabaria com você bem rápido. Ela odeia que estranhos se aproximem da Torre Mágica.

Sebastian rosnou.

— A menos... — Nancy fez uma carinha astuta.

— A menos que **O QUÊ?** — disparou Sebastian Cinza, furioso por estarem mexendo com o seu plano.

— A menos que digamos a ela pra não fazer isso — Nancy completou. — A Pâmela nos escuta. Se pedirmos, ela provavelmente não devorará você.

— Está bem — ele grunhiu. — O que será preciso?

Os olhos da Nancy cintilaram para os outros. Ela respirou fundo.

— Troncocuruto — disse ela.

— Affff... — Sebastian se arrepiou. — Jogo pavoroso. O que tem ele?

— Vamos ter uma competição de troncocuruto — Nancy prosseguiu. — O bosque Grimwood contra a Floresta Cintilante. Se ganharmos, você nos deixa em paz. Se você ganhar, consegue o bosque, a Torre Mágica e pedimos à Pâmela que não te mate.

— **OOOOOOOOOH!** — disseram todos.

Frank agitou as sobrancelhas, alarmado.

Sebastian Cinza pensou por um tempo. E então começou a rir.

— Temos o melhor time de troncocuturo da Terra — zombou ele. — Vamos acabar com vocês de olhos fechados. Não será uma briga nem um pouco justa. Ok, tá combinado.

Ele esticou a pata pro Titus, pronto pra fechar o acordo.

Titus olhou pra Nancy, preocupado. Mas Nancy parecia determinada. Eles praticariam como doidos e fariam tudo o que pudessem pra vencer a Floresta Cintilante. Ela incentivou Titus.

Titus lentamente alcançou e chacoalhou a pata do Sebastian Cinza.

— C-c-combinado! — gaguejou ele.

— **A-HÁ!** Excelente — Sebastian Cinza não cabia em si de alegria. — O meu pessoal entrará em contato com o seu pessoal. Muito bem. Certo, agora vamos embora.

E quando partiu, Sebastian Cinza agitou a sua cauda com tanta força que espalhou nuvens de poeira no ar, fazendo com que todos tossissem.

— Minha querida e corajosa Nancy... — Titus balançava a cabeça de um lado pro outro. — Como iremos vencê-los?

— Não se preocupe. — Ela sorria. — Eu tenho um plano.

— Ah, ainda bem! Eu sabia que você teria.

Ted observou a irmã. Ela roía as unhas em silêncio. E foi quando ele soube que Nancy não tinha plano algum.

Eita, crie um plano, Nancy, e bem rápido! Eu preciso de uma soneca e um pacote de pão de queijo.

CAPÍTULO 9
Operação: Floresta Cintilante

Ao acordar, Nancy viu que, como sempre, Ted havia deixado uma caneca de café ao lado da cama. Ela o bebeu, agradecida. O seu irmão era um bom filhote.

Antes de sair, ela parou por um momento e puxou o cobertor velho que estava pendurado na parede.

Havia duas pegadas, pressionadas na lama.

A sua pata se encaixava perfeitamente na menor delas.

Nancy suspirou. Encontrara as pegadas pouco depois de ela e Ted terem se mudado para o bosque. Nancy sabia que parecia estranho, mas parte dela se perguntava se tinham sido feitas pelos seus pais. Embora os seus pais nunca tivessem visitado o bosque, pelo que ela sabia — assim, isso era apenas uma fantasia boba. Nancy não contara ao Ted sobre as pegadas. Ele ficaria muito empolgado, e qual seria o propósito disso? As pegadas provavelmente não significavam nada.

— Esqueça isso — Nancy falou para si mesma.

Ela bebeu o café e se dirigiu para o treino de troncocuruto.

Frank voou pra cima e pra baixo na fila de esquilos. Ele não dormira nada depois da visita do Sebastian Cinza e suas sócias no dia anterior.

— Preste atenção, time. — Frank estufou o

seu peito de coruja. — Temos um jogo e tanto de troncocuruto pela frente. Mas somos fortes e rápidos, e treinando poderemos ficar mais fortes e mais rápidos. Porque não estamos jogando apenas pra ganhar. Estamos jogando pelo nosso **LAR**. Estamos jogando pra **SALVAR O BOSQUE!**

Frank esperou que todos gritassem e comemorassem.

Mas houve um silêncio. Ele se virou e viu que todos estavam amontoados ao redor de um esquilo chamado Martin, que mostrava os seus novos tênis que se acendiam.

— **VOCÊS PODEM PRESTAR ATENÇÃO,**

POR FAVOR?! — Frank gritou tão alto que todos se assustaram.

— Qual o plano então, minha jovem? — Frank perguntou pra Nancy, depois de ter mandado os esquilos darem algumas voltas na pista.

— Ainda não tenho certeza — disse Nancy. — Mas estou trabalhando nisso.

Ted e Willow, sentados no topo de uma pedra com musgo, dividiam um pacote de jujubas.

— Uma verde, por favor — pediu Frank, esticando uma das garras.

— Eca! Só gente estranha gosta das verdes — disse Willow entregando-lhe uma jujuba. — Frank, não quero ser pessimista, mas vocês nunca vão ganhar da Floresta Cintilante. O bosque já era!

Frank suspirou. Ele sabia que Willow provavelmente estava certa.

— Precisamos saber mais sobre o time deles. — Nancy coçava atrás da orelha. — Descobrir quais são os seus pontos fortes.

Encontrar uma fraqueza.

— Frank! Por que você não voa até lá e dá uma olhada? — Ted sugeriu.

Frank balançou a cabeça.

— Sebastian Cinza não é tonto, meu rapaz. Ele vai ter vigias esperando que eu apareça por lá pra espiá-los. Vão me acertar com uma catapulta.

Willow começou a pular sem parar no mesmo lugar.

— Já sei, já sei, já sei, já sei! — ela gritava.

— O que você já sabe? — perguntou Frank.

— Precisamos de um **ESPIÃO** — respondeu Willow.

— O problema com espiões — interveio a Nancy — é que, se eles forem bons, você nunca saberá que são espiões. Mas se você sabe que alguém é um espião, então eles não são tão bons.

— Tá, estraga-prazeres, e que tal alguém que costumava ser um espião? Um ex-espião?

— Talvez isso possa funcionar, Willow —

resmungou Nancy. — Mas quem nós conhecemos que é um ex-espião?

Willow sorriu.

— Volto num pulo! — E ela sumiu por entre a mata, deixando Ted mordendo, pensativo, uma lata de refrigerante.

DEZ MINUTOS DEPOIS...

— **QUAAAAAAAAACK!** — grasnou Ingrid. Ela tirava uma soneca adorável quando Willow chegou, e se recusou a sair da sua confortável ilha de carrinhos de mercado. Por isso Willow tinha retirado ela com carrinho e tudo do laguinho e empurrado pela floresta. Ingrid reclamara alto o caminho todo.

— A pata? — zombou Nancy. — O que ela vai fazer?

Ingrid estreitou os olhos.

— Antes de ser uma pata empresária de

sucesso, eu era uma **ATRIZ** — ela disse.

— Sim, sim, todos nós sabemos — resmungou Nancy.

— E antes de ser uma **ATRIZ**, eu era... eu era uma agente ultrassecreta. — Ingrid cruzou as asas, parecendo muito orgulhosa de si mesma.

— Ah, tá... — Nancy zombou. — Eu não acredito.

Ingrid arrumou o turbante e, com calma, desceu do carrinho de mercado. Ela caminhou até Nancy.

— Repita — disse Ingrid, baixinho.

— Eu disse que não acredito que você foi uma espiã. — Nancy deu de ombros. — Com essas asas macias, esses brincos e chapéu chique? Há-há! Até parece.

Houve um tumulto, um grasnado e muita poeira. Alguns segundos depois, Nancy estava no chão com os braços torcidos. Ingrid, sentada na cabeça dela, reaplicava batom.

— Eu era uma espiã. — Ingrid fechou o seu pequeno espelho com força.

— **UAAAAAU!** — Os olhos do Ted estavam arregalados. — Você derrubou mesmo a Nancy. Isso é tão legal!

— Agora, como posso ajudar? — Ingrid quis saber.

— Precisamos que você se infiltre na Floresta Cintilante — disse Frank. — Precisamos saber como é o estilo de troncocuruto deles. Quem está no time, como eles jogam, quais são os seus truques.

Ingrid assentiu, garantindo:

— Isso não será um problema.

— Eu vou com você — Nancy se prontificou. — Quero dar uma olhada no movimento deles.

— E eu e a Willow também — disse Ted. — Seremos um grupo legal do bosque.

— Não. — Nancy olhou feio pro irmão. — Você não vai, rapazinho. Você e a sua amiga coelha podem ficar aqui.

— Aaaaah, por favooooooor! — choramingou Ted.

— Não se preocupe, Ted. — Willow sorriu. — Ela precisa de nós. Somos pequenos e entramos em lugares apertados. E somos incríveis como vigias e nós dois gostamos de queijo e a minha cor favorita é laranja e não vou parar de falar até ela nos deixar ir e...

— Tá bom, tá bom, desisto — grunhiu Nancy.

— E eu posso ir? — perguntou Felipe, uma abelha que passava por ali.

— NÃO — todos responderam, porque era óbvio que Felipe seria um pesadelo.

— E a cerca elétrica? — questionou Willow. — Não vou queimar as minhas patas de novo.

— Ouçam. — Ingrid pôs as asas na cintura. — Se todos vocês serão espiões como eu, precisam começar a agir como tais. Sem reclamação. Sem barulhos altos. Sem dançar. Nós iremos sob o manto da escuridão. Encontrem-me na Torre Mágica à meia-noite.

> Ah, que emocionante! Mas fico de pijama ou coloco as minhas roupas normais do dia a dia?

Ainda era possível ver a Torre Mágica à noite graças ao enorme número de dispositivos no ninho de águia da Pâmela. Ela vinha se divertindo muito com a sua nova melhor amiga, Soluço, a gralha festeira, que estava maravilhada com a coleção de celulares, fios, televisões, rádios e outras geringonças da Pâmela.

— Você podia fazer um estraaaaaaaaago com essas coisas — disse ela, assobiando baixo.

— Eu sei! — Pâmela piscou, encantada. — Vamos fazer muito estrago.

— Você já pensou em fazer um canhão de glitter?

— Ele explode?

— Sim.

— Então, vamos fazer o maior canhão de glitter que o mundo já viu!

Enquanto as duas conversavam sobre canhões de glitter, Nancy, Ted e Willow estavam na base da Torre Mágica, esperando pela Ingrid.

— Ela tá atrasada — reclamou Willow, mastigando um Cosmicomelo.

Mas então o chão sob as suas patas ressoou e sacudiu.

— **AAAAAAH!** — gritou Ted, pulando pra trás quando um buraco surgiu no chão.

Dali surgiu o focinho do Emo Omar, que, além de toupeira, também era um "poeta subterrâneo".

— E aí, Omar? — Willow o cutucou com um Cosmicomelo — O que você tá fazendo?

— Ele está comigo — disse uma voz familiar, e então Ingrid saiu do buraco. Ela chacoalhou a terra das suas penas e deu um grasnado. — O nosso amigo toupeira vai abrir um túnel pra nós até a Floresta Cintilante.

Emo Omar fez uma pequena reverência.

— Escrevi um poema para a ocasião — ele informou.

Nancy deu um tapa na própria testa, desaprovando o que estava por vir.

Cavando para vencer
Por Emo Omar

Eu cavo, cavo, cavo
Usando as minhas patas
Elas cavam como colheres
E rasgam como facas

Aquela raposa
Quer roubar o meu lar
Então, por baixo da terra eu vou,
E cavo, cavo sem parar

Sozinho não sei se consigo
Então, de ajuda vou precisar
Essas toupeiras são meus amigos
Flo, Stig e Akbar.

(fim)

E outras três toupeiras saltaram do buraco e também fizeram uma pequena reverência.

— Da hora! — Willow aplaudiu. — Vocês são os melhores em cavar. Quando partimos?

Ingrid consultou o seu relógio, o que era estranho porque ela não usava um, então, na verdade, ela só olhou para a própria asa.

— Beeeeeeeem... **AGORA** — disse ela.

> Uhuuuul! Vamos lá!
> Cavar, cavar, cavar.

CAPÍTULO 10
A biblioteca

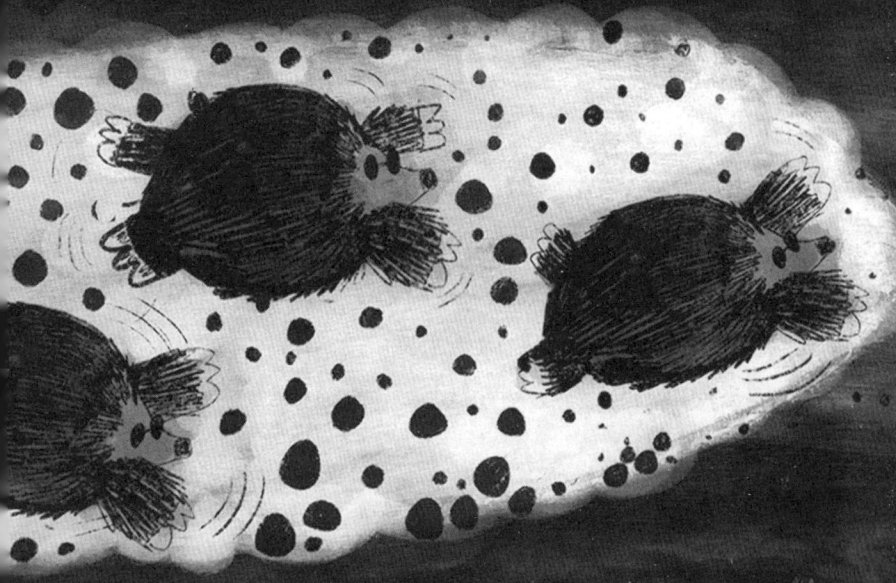

As toupeiras abriram túneis durante a noite, tomando cuidado pra não acertar a cerca elétrica da Floresta Cintilante. Ingrid observava o seu sistema de navegação por satélite extremamente tecnológico, que ela tinha pegado emprestado da Pâmela. Ele parecia estar preso com elásticos e uma velha goma de mascar, mas Pâmela garantiu que "funcionava bem".

— Estamos na Floresta Cintilante — Ingrid anunciou, imponente. — Agora precisamos cavar para cima. Cavem, eu ordeno! — Ela acertou uma toupeira com a sua bolsa pra apressá-la.

Emo Omar foi o primeiro a emergir, e ele imediatamente colocou os seus óculos de sol quando os seus olhos se ajustaram à luz brilhante.

Eles estavam em uma sala enorme e mofada. O chão de madeira era coberto de tapetes esfarrapados, e havia fileiras e mais fileiras de pequenas mesas. Em frente a cada mesa, havia um abajur e uma poltrona de couro marrom. E cercando as mesas, um montão de estantes, completamente abarrotadas de livros.

— Existe uma palavra específica para este tipo de lugar — comentou Willow.

— Sim. É chamado de biblioteca — disse Nancy.

— Algo como... *livreiria* — prosseguiu Willow, ignorando Nancy por completo. — A *libroteca*... O *palavrário*...

— Eu disse que se chama biblioteca — repetiu Nancy.

— A *mofossala*... a *bibliocasa*... o *palalivro*...

— **BIBLIOTECA!** — Nancy empurrou Willow para o lado e marchou para dentro.

Emo Omar correu direto para a sessão de poesia. As outras toupeiras se espalharam, ansiosas para explorar.

Havia uma porta enorme que levava para fora da sala principal da biblioteca. Nancy a abriu e deu de cara com um labirinto de corredores. Ela emitiu um assobio baixo.

— Qual o tamanho desse lugar? — ela se perguntou em voz alta ao passar pela porta e continuar em frente.

De vez em quando Nancy passava por uma porta grande e trancada. Ela tentou em cada uma delas, mas nenhuma abriu. Nancy resmungou de frustração. Eles precisavam encontrar uma maneira de sair da biblioteca se quisessem espiar a equipe de troncocuruto.

Nancy estava prestes a voltar quando notou o que parecia um alçapão. Ela se agachou e colou o ouvido na porta. O que ouvia eram vozes? Não tinha certeza.

Enquanto isso, Ted perambulava entre as estantes, puxando livros aqui e ali. Havia uma seção inteira dedicada a um jornal informativo chamado *A Gazeta da Floresta Cintilante*. Ele pegou um ao acaso e se assustou com a manchete:

A Gazeta da Floresta Cintilante

UM NOVO PREFEITO NA FLORESTA CINTILANTE

Com um resultado chocante, o misterioso recém-chegado, Sebastian Cinza, foi eleito prefeito da Floresta Cintilante com 154 votos! O antigo prefeito, Crusty McTavish, deixou o escritório com efeito imediato. A maioria dos habitantes da Floresta Cintilante está "chocada" e "surpresa", já que Crusty McTavish foi um prefeito popular e gentil por muitos anos.

"Eu tenho **GRANDES** planos para a Floresta Cintilante", disse Sebastian Cinza. "Crusty McTavish permitiu que os cidadãos da Floresta Cintilante se tornassem fedorentos, preguiçosos e feios. Mas as coisas vão mudar por aqui. Vou limpar este lugar. Hotéis! Estradas! Parque de Diversões! Shoppings! Uma estação espacial! Confiem em mim, logo o dinheiro começará a entrar, e todos nós seremos **RICOS, RICOS** para além dos nossos sonhos mais loucos!

Crusty McTavish não estava disponível para fazer comentários, e uma minhoca próxima avisou que ele "partiu em um longo cruzeiro na Antártida para ver pinguins".

— Uau! — exclamou Ted. — O Sebastian deve ser **MUITO** esperto pra se tornar prefeito assim. E ele parece tão legal. Será que todas as raposas adultas se vestem bem?

Willow, que chegou saltando, revirou os olhos.

— Sebastian isso, Sebastian aquilo — disse, ríspida. — Você se esqueceu de que esse sujeito quer tirar o bosque de nós?

— É claro que não — afirmou Ted. — Mas, pra ser justo, de acordo com o mapa, o bosque já está na Floresta Cintilante.

Willow estreitou os olhos.

— *Hunf!* Eu acho que é um mapa estúpido. E o Titus? Não confio nesse Sebastian Cinza nem que a vaca tussa — garantiu a coelhinha fofa. — E olha que já vi uma engasgando.

Ingrid, que havia saltado até o topo de uma das estantes, cutucava o teto.

— O que *você* está fazendo? — gritou Willow.

— Se quisermos completar a nossa missão, precisamos achar uma saída desta sala de livros completamente esquecida — disse ela. — A-há!

Ted e Willow correram para verificar.

Ingrid achara uma saída de ar e estava tentando arrancar a grade com o bico.

— Vá buscar sua irmã feroz — ela ordenou ao Ted. — Preciso dos músculos peludos dela.

Nancy ainda farejava o alçapão quando ouviu Ted à sua procura. Ela correu de volta e o encontrou apontando para a Ingrid e dizendo:

— Ela encontrou uma saída, mana!

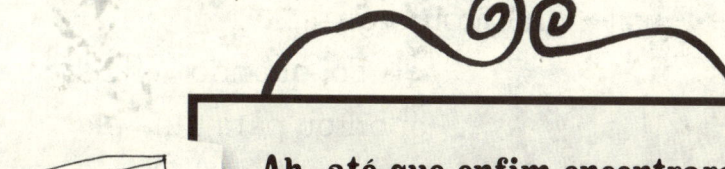

> Ah, até que enfim encontraram uma saída! Eu já estava ficando terrivelmente claustrofóbico. Mas também, estou preso dentro de uma caixa de fósforo. Ahn, alguém poderia me deixar sair, por favor? Oláááá?

Todos piscaram algumas vezes até os seus olhos se ajustarem à luz e ao ar fresco. Havia luzinhas de Natal espalhadas por entre troncos de árvores, e sinos de vento tilintavam com a brisa.

Eles estavam mesmo na Floresta Cintilante.

— Então, como achamos os pirados que praticam troncocuruto? — perguntou Nancy.

— A-há! — Ingrid chacoalhava uma caixinha plástica que parecia frágil. — Vamos usar o meu infalível sistema de navegação por satélite ultrassecreto.

E aí uma mola saltou, um parafuso se soltou e parte da caixa caiu.

— Ah... — lamentou Ingrid.

Foi quando Willow apontou para uma placa que dizia "Treino de troncocuruto, por aqui", o que foi muito útil, na verdade.

Alguns minutos depois, Willow, Ted, Ingrid e Nancy estavam escondidos em um arbusto espinhoso, espiando a equipe de troncocuruto da Floresta Cintilante.

— Oh-oh — disse Willow ao ver esquilos fortes e energéticos fazendo flexões e dando golpes de boxe no ar. — Essa turma não está de brincadeira.

Eles tinham capacetes, malhas reluzentes e músculos grandes como bolas de futebol.

O treinador era uma doninha que usava grandes óculos de sol e estava deitado em uma espreguiçadeira.

Os atletas eram incríveis. Eles escalavam os troncos tão rápido que Nancy mal podia vê-los.

— **TRONCOCURUUUUUTO!** — gritavam, zunindo de galho em galho como bolinhas de pingue-pongue com pelo.

— Uau! — exclamou Ted. — Eles são **BONS**.

— Sim. Acontece que nós também somos — grunhiu Nancy.

Mas ela podia ver que os atletas da Floresta Cintilante não pareciam estar se cansando.

De vez em quando um esquilo trotava até um dos lados e bebia algo de uma garrafa prateada.

— O que eles estão bebendo? — Ted quis saber.

— Parece energético — respondeu Nancy. — Eu e os meus amigos costumávamos ficar acordados por dias depois de beber isso. Não é à toa que não se cansam!

Ted franziu a testa e censurou:

— Mas isso é trapaça!

Willow começou a se remexer para sair do arbusto, resmungando:

— Vou dar a eles o que merecem!

Mas Ingrid a puxou de volta.

— Não é assim que se faz, jovem coelha — disse ela. — Nós agimos com calma. Nós observamos. Nós escutamos. Nós...
QUAAAAACK!

De repente, Ingrid levou às asas ao bico. Os seus olhos se arregalaram.

— Ingrid? — sussurrou Ted. — O que foi? Você está bem?

Mas Ingrid não respondeu. Ela olhava pra algo com tanta intensidade que os seus olhos começaram a girar de forma estranha.

Todos se viraram para tentar ver do que se tratava.

E então eles o viram.

Outro pato tinha aparecido e parado para conversar com a doninha, ainda deitada na espreguiçadeira. Nancy se esforçou para ouvir o que diziam.

— ... é claro, a primeira peça da qual participei ficou em cartaz por semanas no West End. Foi uma grande surpresa! Acho que se pode dizer que fui picado mesmo pelo bichinho da atuação, hahahaha!

Ingrid arquejou.

— Estou apaixonada — declarou ela.

— Relaxa aí — disse Nancy. — Temos que nos esconder, sua pata maluca. — Ela tentou segurar a Ingrid para contê-la, mas chegou tarde demais.

Ingrid gingou até o outro pato o mais rápido que as suas pernas permitiram, afofando as penas e ajeitando o turbante no caminho. Então, esticou a asa graciosamente.

— Estou completamente encantado em conhecê-la — ele sussurrou, fazendo uma reverência.

Ingrid riu, envergonhada, e agitou os cílios.

— Permita-me que eu me apresente — disse o pato. — Eu sou sir Charles Fotheringay.

— E eu sou a Ingrid — disse Ingrid, que não precisava de um sobrenome.

— E o que traz uma pata maravilhosa como você à Floresta Cintilante? — perguntou sir Charles, os seus olhos se transformando em corações amorosos.

— Ah, eu só estava passeando... — respondeu ela. — Este é realmente um lugar sensacional.

— Já viu o nosso teatro?

—**UM TEATRO?!** — gritou Ingrid. — Você deve me mostrar agora mesmo! Pois sou uma atriz de palco e tela espetacularmente experiente!

Sir Charles Fotheringay concordou.

— Eu percebi. Quando a vi, pensei comigo: "Aquela pata sabe como pisar em um palco." Ora, devemos partir agora.

— Ingrid! — cochichou Ted. — Volte! E nós?

Ingrid se virou pro Ted e olhou pra ele com os seus grandes olhos.

— Raposinha! Acho que finalmente encontrei... a minha inspiração!

E os patos caminharam em direção ao pôr do sol.

> Ah, que emoção! Se não estou enganado, esse foi um caso clássico de amor ao primeiro *quack*! Tenho que encontrar os meus sapatos de casamento. Os catorze pares que tenho.

Nancy grunhiu:

— Agora que a Ingrid foi embora com aquele pato, não vai demorar muito pro Sebastian Cinza descobrir que estamos aqui.

Ted choramingou:

— M-mas não podemos ir embora sem a Ingrid!

— Ela pode tomar conta de si mesma — disse Willow. — É uma pata durona.

— Posso voltar pra buscá-la depois — afirmou Nancy —, mas agora, vamos dar o fora.

Eles se jogaram no chão e rastejaram em silêncio de volta à biblioteca.

CAPÍTULO 11
O rodopio

Nancy era péssima em dar más notícias:

— A pata já era. Ela se apaixonou. A coisa toda é ridícula.

— Não! A Ingrid não! — gritou Titus, jogando-se de costas na cadeira. — Não posso acreditar! Não apenas estão roubando a nossa cidade, também levaram a nossa pata mais famosa!

— Tenho certeza de que ela vai voltar. — Ted abriu os braços. — Só ficou empolgada demais, só isso. A Ingrid nunca abandonaria os Atores do Bosque! Nós somos o seu orgulho e a sua alegria.

— Você não sabe nada sobre o poder do amor, raposinha! — lamentou Titus. — Quando a Ingrid se apaixona, ela se apaixona muito, se apaixona rápido, se apaixona com força. Ela foi casada **QUATRO VEZES!**

— Ah... — Ted baixou as orelhas.

— E o poeta mais requintado do bosque, Emo Omar? — lamentou Titus. — Onde ele está? Onde estão as suas amigas toupeiras?

— As toupeiras mergulharam de cabeça na biblioteca da Floresta Cintilante — informou Willow. — Nós os deixamos na seção de poesia. É bem legal, pra ser sincera.

— Todos estão me deixando mesmo — lamentou Titus.

Enquanto isso, Frank estava preocupado com a equipe de troncocuruto da Floresta Cintilante. Nancy contara que eles eram bons — muito bons.

— E você tem certeza de que os viu tomando bebidas energéticas? — perguntou ele.

Nancy confirmou.

— Eu reconheceria essas latas em qualquer lugar. Essas coisas costumavam nos deixar acordadas por dias na Cidade Grande. Uma vez a minha amiga Fuzuê bebeu três latinhas e o pelo dela ficou roxo.

A equipe de troncocuruto do bosque começou a resmungar e se jogar no chão de forma dramática.

— Acabou! Estamos perdidos! — Ginger Fiasco chorava.

— Nós nunca estaremos perdidos! — repreendeu Frank. — Agora, levantem-se e formem uma fila. Mostrem-me as suas poses de poder! Eu quero esses esquilos da Floresta Cintilante tremendo nos seus uniformes.

Os esquilos se organizaram um pouco, ajustaram os capacetes e tentaram parecer assustadores.

Uma noz

Uma folha

Uma touca de banho

Meia casca de laranja

— Estamos perdidos... — Frank suspirou.

— Calma aí. — Willow ergueu a pata. — Nós não podemos arrumar um monte de bebidas energéticas?

Nancy deu risada.

— Essas bebidas são pesadas — disse ela. — Não vamos encontrá-las por aqui. O seu amigo Sebastian Cinza deve ter desembolsado uma graaaaaana por todas essas latinhas.

— Precisamos surpreendê-los — murmurou Frank. — Algo que os pegue desprevenidos. Um novo movimento, talvez.

Bem nessa hora, houve um enorme **BUM**, e uma explosão de glitter choveu sobre todo mundo.

— **FOI MAL!** — gritou Pâmela do topo da Torre Mágica.

Ela e a Soluço, a gralha festeira, continuavam tentando inventar o maior canhão de glitter do mundo. Voluntários da Vila dos Coelhos estavam se inscrevendo para participar dos testes, o que significava que, de tempos em tempos, um coelho voaria em uma nuvem de brilhos com as cores do arco-íris. Desta vez, foi uma corrente de três coelhos, que seguravam as patas uns dos outros e deslizavam pelo ar como um avião peludo.

— É um milagre que esses coelhos sobrevivam. — Titus chacoalhou a cabeça para tirar o glitter dos seus chifres.

Nancy se virou pro Frank com os olhos brilhando e disse:

— É isso! Esse deve ser o nosso movimento!

Os esquilos olharam para ela, confusos.

— Sim! — Frank, que também observava a corrente de coelhos, concordou. — Isso pode funcionar.

Frank, Nancy e os esquilos passaram a tarde desenvolvendo o seu novo movimento de troncocuruto. Sob o comando do Frank, os esquilos se agarravam às caudas uns dos outros e formavam uma longa corrente cheia de pelos. Nancy — a arma secreta deles — ficava bem no final. Então, a corrente girava com força e rapidez, e a cauda da Nancy seria capaz de derrubar qualquer atleta inimigo.

— Que movimento legal! — comentou Willow. — Precisa de um nome!

A cabeça do Ted girou, e girou, e girou enquanto ele tentava acompanhar os esquilos giratórios.

— Que tal o "rodopio"? — sugeriu ele. — Só de olhar já fico com tontura.

Nancy e os esquilos giraram tão rápido que se tornaram um borrão.

Frank soprou o apito, e o time caiu no chão.

— É a coisa mais louca que eu já vi! — Ele ria. — Pode funcionar.

> Isso me lembra da vez em que inventei um novo movimento em um clube de boliche. Se não fosse por aquela centopeia intrometida da Janet Muldoon, eu teria ganhado o campeonato.
> Que droga, Janet!

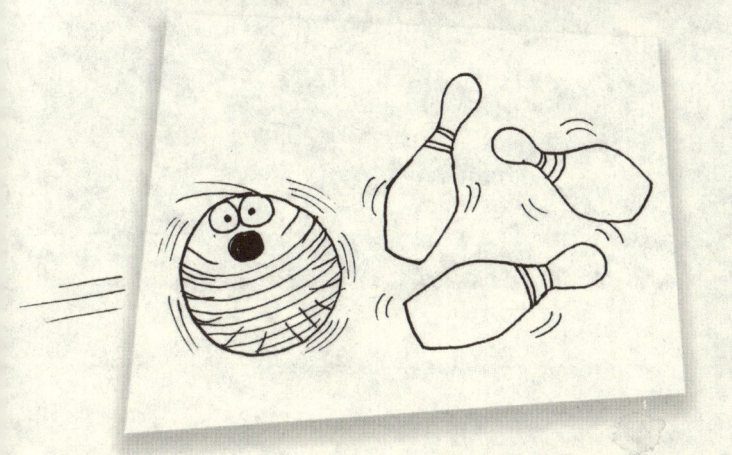

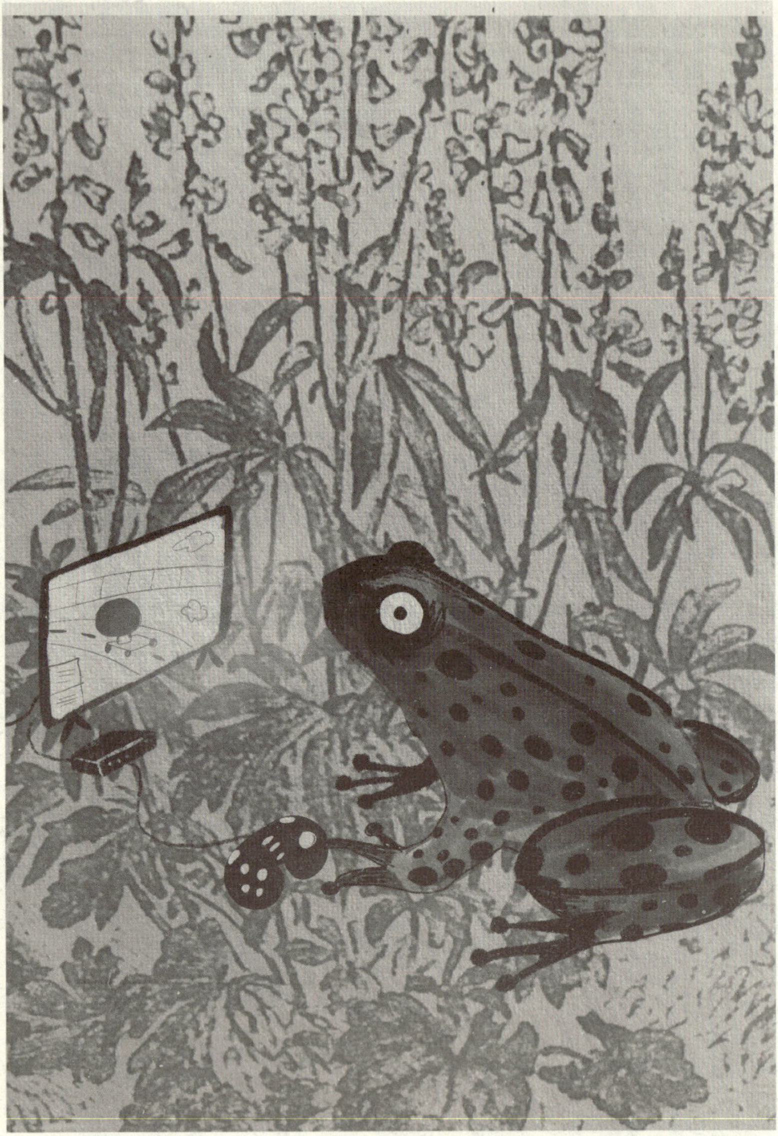

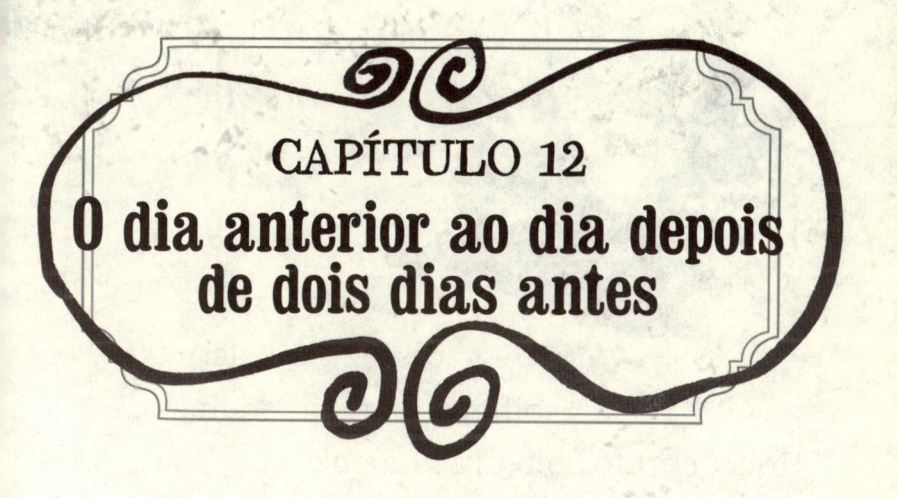

CAPÍTULO 12
O dia anterior ao dia depois de dois dias antes

Foi no dia anterior ao jogo. Todos tinham ficado doidos de nervoso.

Frank estava empoleirado no galho de um imenso carvalho. Pâmela e a Soluço, a gralha festeira, estavam ao seu lado, depois de o Frank concordar, relutante, que elas poderiam ser líderes de torcida. Era o treino final antes do grande confronto entre o Bosque Grimwood e a Floresta Cintilante.

— IUUUUPI! IUUUUPI! IÊ! — gritou Soluço, que também dava chutes no ar, balançava pompons e soprava uma pequena corneta de plástico.

PARP
PARP
PARP

— Viva o bosque! — disse Pâmela, que olhava para a equipe de troncocuruto com um binóculo.

— Lembre-se do que combinamos, Pâmela — Frank sussurrou. — Você **NÃO** deve comer nenhum dos jogadores ou espectadores, entendeu?

— Mas eles parecem tão suculentos e peludos... — Ela suspirou.

Frank deu um pio irritado, então virou a cabeça para a clareira de troncocuruto.

— Em suas posições, pessoal! — ele gritou no megafone.

Nancy subiu no tronco de uma árvore e esperou. Ela vinha se exercitando dia e noite. A sua cauda estava mais forte do que nunca.

— Preparar... apontar... **TRONCOCURUTO!**

Nancy se jogou da árvore e saltou entre três galhos tão rápido que não notou que tinha derrubado dois de seus colegas de equipe.

— **RODOPIO!** — gritou Frank.

Graças às horas de treino, o time do bosque tinha aperfeiçoado o novo movimento. Os esquilos se uniram em uma corrente e zumbiram pelo ar perigosamente. A cauda da Nancy estava tão forte que, quando batia em algo, ela nem sentia. A Nancy deu risada. A Floresta Cintilante teria a surpresa da sua vida.

Titus ia para lá e para cá com uma vassoura.

— Tum-te-tum-te-tum — cantava para si mesmo, um sinal de que estava extremamente estressado. — Melhor deixar o lugar ajeitado para os nossos convidados da Floresta Cintilante, né?

Alguns castores vestindo macacões e capacetes de construção moviam troncos ao redor, criando uma arquibancada desorganizada.

— Lanchinhos. — Aflito, Titus coçou os chifres. — O que devemos ter de lanchinhos? Temos guardanapos suficientes? Ai, caramba!

Frank voou até o amigo.

— Chefe — disse ele com gentileza —, nós ficaremos bem. Observe a nossa amiga raposa ali em cima. Ela é a nossa arma secreta, está tudo correndo bem.

Titus focou o olhar nas árvores e viu Nancy troncocurutar pela própria vida, um flash laranja brilhante contra o céu azul. Ele riu.

— Que bênção foi essas raposas nos encontrarem — disse para si mesmo.

— Temos uma chance, Titus. Eu sei disso. — Frank colocou uma asa em volta dos ombros do amigo.

> **Que comovente! Mas venha, agora temos que ir até a adorável Floresta Cintilante e com muito cuidado nos arrastar para dentro de um velho barco.**

Ingrid e sir Charles Fotheringay flutuavam no belo Lago Cristal em um pequeno barco a remo. Sir Charles tocava — muito mal — um alaúde, enquanto Ingrid comia uvas e arrastava a asa preguiçosamente na água.

— Meu amor — disse sir Charles Fotheringay —, você parece distraída. Há algo errado? Sou eu tocando alaúde?

Ingrid acenou com a outra asa para ele.

— Não, meu querido. Estou apenas pensando no meu grupo de teatro no bosque. Tínhamos **TANTO** talento, sabe? Seria maravilhoso mostrar a eles o magnífico teatro que vocês têm aqui.

Sir Charles deu uma risadinha.

— Ah, não tenho certeza de que seria uma boa ideia. Minha querida Ingrid, aqui na Floresta Cintilante precisamos de atores com um certo... nível.

Ingrid se enfureceu. E baixou os óculos de sol.

— Você está dizendo que eu não sou uma atriz de alto nível? — questionou Ingrid. — Para sua informação, eu fiz uma ponta em Motociclistas do Mal 3.

Sir Charles prosseguiu.

— Eu sei, querida, eu sei! Você é incrível. Você é perfeita. Eu só não tenho certeza a respeito dos seus... como você os chama? Seus "Atores do Bosque". De qualquer forma, o bosque será engolido pela Floresta Cintilante, por que se preocupar em mantê-los?

Ingrid ergueu os óculos e fechou a cara. De repente, ela queria acertar o bico do seu novo marido. Só ela podia falar mal dos Atores do Bosque. Mas então ela viu a equipe de troncocuruto da Floresta Cintilante terminando o treino a distância.

— Reme até lá — ordenou ela.

— O que você quiser, minha querida — disse sir Charles, e os patos flutuaram até a margem.

A equipe de troncocuruto da Floresta Cintilante estava tirando os capacetes e chacoalhando o pelo.

— Ótimo jogo, Tobes — cumprimentou um dos esquilos, dando um gole em uma latinha prateada. — Essa bebida energética superespecial realmente mantém a sua cauda no ar, né?

— Sim, total — disse o outro esquilo (que provavelmente era o Tobes).

— O jogo de amanhã vai ser mamão com açúcar. Aqueles desleixados do bosque não vão saber o que os atingiu.

Os esquilos brindaram com as latinhas e terminaram as bebidas.

Eles não sabiam que estavam sendo observados por uma pata.

Uma pata irritada.

Uma pata irritada que costumava ser uma espiã.

Acho que essa pata está aprontando algo...

Na manhã seguinte, ao acordar, Nancy encarou o teto por um tempo.

Ela não se sentia ansiosa. Estava empolgada.

Sabia que a Floresta Cintilante seria uma equipe difícil de vencer — principalmente se estavam cheios de bebida energética. Mas ela também sabia que o novo movimento de rodopio poderia ajudá-los a vencer o jogo. Titus manteria o seu cargo, e o bosque estaria a salvo. Ela sentia isso.

Nancy olhou para a cama do Ted. Ele já tinha ido preparar as coisas na arena de troncocuruto para o grande jogo. Havia uma carta na sua cama, pronta para ser enviada.

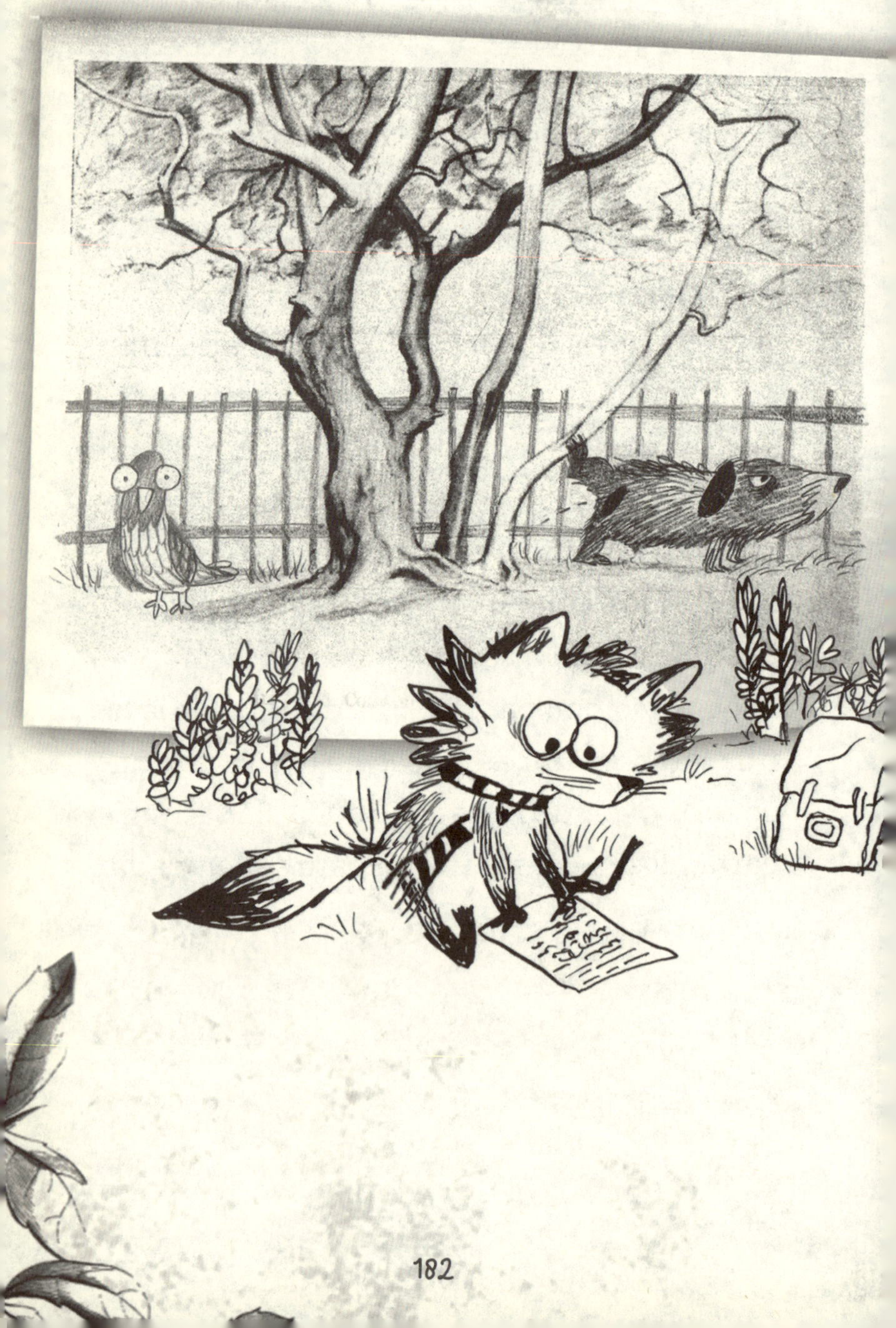

Queridos mamãe e papai,

Esta é a manhã da grande e empolgante partida de troncocuruto! A Nancy parece estar bem relaxada e tranquila com tudo. Estamos todos empolgados porque TODO MUNDO da Floresta Cintilante virá assistir à partida, incluindo o Sebastian Cinza. Ele é o prefeito da Cintilante e é uma RAPOSA! Ele, na verdade, é bem legal. Bom, apesar do grande plano dele de construir um parque de diversões no bosque. Mas se ganharmos, ele prometeu que não fará isso. Ufa! Queria que vocês estivessem aqui pra ver a Nancy, mas vou torcer por vocês dois pra dar sorte.

Com amor,
Ted
Beijos

Nancy balançou a cabeça. O seu irmão sempre via o melhor em todos — até mesmo naquele sujeito nojento do Sebastian Cinza. Ela pensou ter ouvido a torcida da sua mãe e do seu pai, e, de repente, teve que piscar muito rápido.

— Certo, chega disso — falou para si mesma. — Preciso de café.

Então, ouviu um barulho.

Algo havia sido jogado dentro da toca. Era um bilhete, amarrado em uma pedra.

Ela correu para ver quem teria jogado aquilo, mas quando colocou o focinho para fora da toca, não conseguiu avistar nem farejar ninguém. Nancy voltou para dentro e leu o bilhete.

Eu sei onde os seus pais estão. Encontre-me na Torre Mágica. Em dez minutos. Venha sozinha.

Nancy piscou de novo. Não podia ser verdade. Podia?

Ela se sentou e examinou o bilhete. O seu estômago começou a revirar.

Não tinha escolha. Ela precisava ir. E o jogo seria só dali a algumas horas, então ainda daria tempo de ir até a Torre Mágica, voltar e se aquecer.

— Se isso for mentira — ela rosnou —, vou arrancar a orelha de alguém.

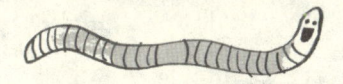

O silêncio perto da Torre Mágica era assustador. Pâmela e a Soluço estavam fazendo uma transmissão ao vivo do programa de rádio no campo de troncocuruto. Na verdade, quase todos os habitantes do bosque já estava lá, esperando ansiosos pela chegada dos moradores da Floresta Cintilante.

Nancy olhou ao redor, mas não viu ninguém.

— Olá? — gritou Nancy. — Quem é você?

Não houve resposta.

— Você tem cinco segundos para aparecer ou eu vou embora, entendeu?

Ainda sem resposta. Nancy começou a contar.

— Cinco... quatro... três... dois... um...

PÁ!

— AI! — Nancy cambaleou para a frente.

A sua pata alcançou a parte de trás da cabeça, e ela vislumbrou uma mecha prateada pouco antes de os seus olhos se fecharem. E então, caiu no chão.

Mas ela é nossa estrela! Ah, não...

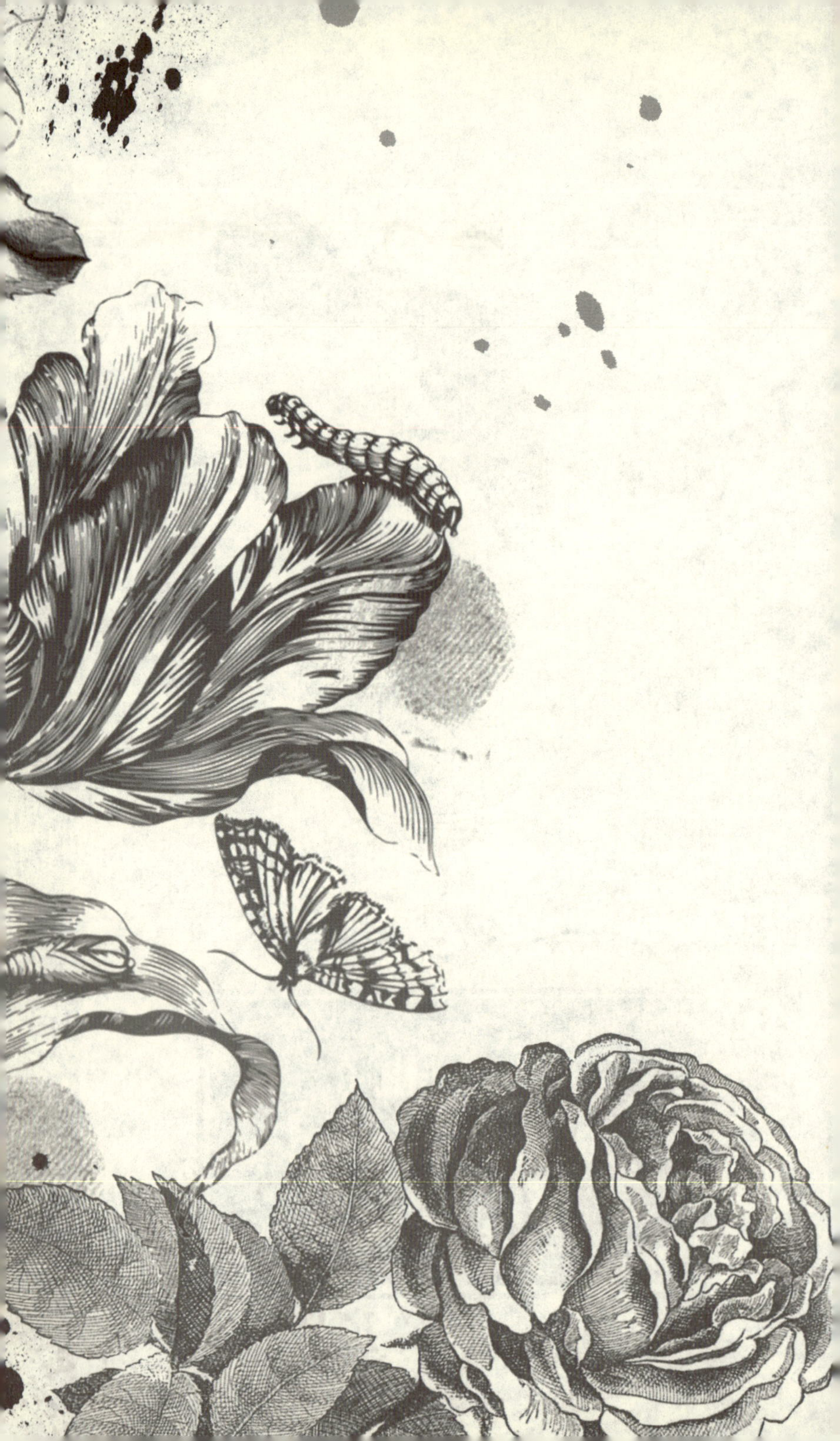

CAPÍTULO 13
Todos sentem um rebuliço no estômago

Resmungando, Nancy colocou a mão na cabeça. Podia sentir um enorme galo.

— Ela acordou! — uma voz sussurrou, animada.

Houve uma algazarra e o som de passos se arrastando na sua direção.

Ela forçou os olhos a se abrirem e descobriu que estava em um lugar escuro e silencioso. Havia algumas velas tremeluzindo perto dela.

— Oi! Como se sente? Você está com um belo galo, pelo que vejo — disse uma voz gentil.

Nancy virou a cabeça lentamente e se deparou com uma coelha. Ela tinha um sorriso cheio de dentes, e parecia não ter uma orelha.

— Sou a Mo — disse a coelha. — Ele também te pegou, foi?

Nancy estava confusa.

Um pombo voou até o peito da Nancy e começou a examiná-la com uma lupa.

— Sai daqui! — disse Nancy, fraca.

O pombo balançou a cabeça de um lado para o outro.

— Por favor, olhe para o meu bico. Agora, siga o meu bico para este lado... e agora este... e para cá de novo...

— Aaaaaff — disse Nancy.

— Doutor Khan, talvez seja melhor deixá-la acordar um pouco mais — sugeriu Mo, colocando um copo de água nos lábios da Nancy com delicadeza.

— Ca... ca... café? — disse Nancy, rouca.

Alguns minutos depois ela estava sentada, bebericando uma xícara de café quente. Uma multidão se reuniu ao seu redor.

— Onde estou? — perguntou Nancy.

— Você está na Floresta Cintilante — respondeu a Mo. — Com a gente! Olá.

Nancy tentou se levantar, ainda que as suas pernas estivessem bambas.

— Tenho que ir embora — disse ela. — O jogo de troncocuruto começa em breve. Preciso voltar para o bosque.

— A-há! — soou uma voz familiar. — Sem chance de escapar, eu receio. Nós tentamos.

Ao se virar Nancy viu um texugo muito tristonho. Ela arquejou. Era o irmão mais velho do Wiggy, Monty. As suas roupas estavam esfarrapadas e sujas. Atrás dele achavam-se o Jeremy, o Jeremy e o Jeremy, todos parecendo com pena de si mesmos.

— Nossa! O que vocês estão fazendo aqui? Por que não podemos sair? Eu preciso sair!

Ela começou a golpear as paredes.

— Estamos presos — afirmou Monty. — Aquele Sebastian Cinza é totalmente desonesto.

Nancy ergueu a cabeça e constatou como o local estava lotado, cheio de coelhos, camundongos, ratos, furões e esquilos. Uma água marrom escorria devagar de uma torneira em uma das paredes, e um caldeirão enorme de sopa borbulhava sobre uma fogueira.

— Estou na prisão! — Nancy começou a rosnar e procurar por uma rota de fuga.

— Poupe a sua energia, garota — disse uma voz rouca. — Acredite em mim, todos nós tentamos.

Nancy viu um esquilo bem velho sentado em um patim. Ele deslizou até ela e esticou a pata.

— Crusty McTavish — apresentou-se ele. — Prazer em conhecê-la. Eu era o prefeito da Floresta Cintilante antes daquele horrível bandido tomar conta de tudo.

— Uau... — Nancy balançou a cabeça. — Por que todos vocês estão aqui?

— O Cinza diz que não atendemos às suas supostas diretrizes. — Crusty deu de ombros, com tristeza.

— O Estatuto da Floresta Cintilante — Nancy sussurrou.

— Bem, a maioria de nós na Floresta Cintilante não conseguia acompanhar as suas regras ridículas — comentou Crusty. — Então, fomos jogados aqui! Ele disse que apenas os "melhores" (na opinião dele) tinham permissão de perambular pela nova e aprimorada Floresta Cintilante.

Nancy não podia acreditar no que ouvia.

— Mas vocês não podem ficar trancados aqui pra sempre! — gritou ela.

— Ah, não é tão ruim. — Monty suspirou. — Principalmente quando você se acostuma com a escuridão.

PUUUUUUUUUUUUUUM.

— Ah, e com os puns terríveis do Jeremy. Tente segurá-los, Jeremy!

— Me desculpe...

— Ele contou a você sobre o seu grande plano, né? — Crusty quis saber.

— Qual? De construir aquele estúpido parque? — retrucou Nancy. — Sim, ele nos contou. Quer roubar a Torre Mágica e cobrir o bosque com estradas, shoppings, hotéis e outras bobagens.

— Ele disse que, quando chegar a hora, talvez nos deixe trabalhar para ele. — Mo deu um sorrisinho. — Que sorte a nossa!

— O problema é... — Crusty franziu a testa. — ... o Sebastian Cinza sempre consegue o que quer. Mesmo que isso signifique trapacear e mentir! Como você acha que ele se tornou prefeito?

Um rato usando um par de óculos quebrados balançou um bolo de papel para Nancy.

— Estou escrevendo tudo! — ele resmungou. — E assim que sairmos daqui, vou publicar um livro chamado *Notícias Raposísticas: como Sebastian Cinza mentiu para chegar aonde está e então prendeu vários de nós sem motivo algum.*

— Cativante. — Nancy torceu o nariz.

Nesse momento, ouviu-se um pequeno clique.

Nancy olhou para cima.

O pequeno alçapão no teto tinha sido aberto, e montes de barras de chocolate foram jogadas no chão. Isso lembrou Nancy das máquinas de venda automática na Cidade Grande.

Houve uma disputa pelas barras de chocolate seguida por um barulho alto de mastigação.

— Quem está alimentando vocês? — perguntou ela, indicando o alçapão com a cabeça.

— Não faço ideia — respondeu Mo. — Nós nunca os vimos.

O alçapão se fechou com força.

De repente, a ponta da cauda da Nancy se arrepiou. Uma rajada de vento fresco desceu sobre eles quando a portinhola fechou. O focinho da Nancy era extremamente bom para distinguir cheiros, e detectara um em particular. Ela podia sentir o cheiro de... livros.

> É tudo um pouco sombrio, não é, turistas? Por incrível que pareça, uma vez passei vários meses em uma prisão na Suécia. Fui carregado por acidente junto com uma pilha de roupas. Até que gostei, na verdade, fiz grandes amizades.

Quase todos do bosque e da Floresta Cintilante haviam se aglomerado ao redor do campo de troncocuruto.

— É o evento esportivo do ano! — anunciou Pâmela, a sua voz saindo dos alto-falantes que haviam sido colocados em várias árvores.

— **AAAAAAÊÊÊÊÊ, UHUUUUU! OOOOBA! OOOOBA! UHUUUU!** — gritava Soluço, a gralha festeira, dançando e agitando alguns pompons no ar. Ser uma líder de torcida superanimada era, de várias formas, o seu trabalho dos sonhos.

— Nos dê um B!
— Nos dê um O!

— Nos dê um S!

— Nos dê um Q!

— Nos dê um U!

— Nos dê um E... isso daí são garrafas de refrigerante? Ah, nos dê uma garrafa de refri, nos dê uma garrafa de refri, nos dê, nos dê uma.

Titus, Willow e Wiggy estavam aglomerados em uma tenda do bosque. Titus mastigava o seu casco. Wiggy comia pipoca.

— Eu sei que são os adversários, mas eles são um grupo bonito. — Willow observava os apoiadores perfeitamente trajados da Floresta Cintilante. — E eles também cheiram bem, não cheiram?

Titus concordou, mas estava tão nervoso que tudo o que conseguiu dizer foi "pepinos!", o que não foi de grande ajuda.

Wiggy vasculhava a torcida de pelo lustroso, procurando pelos seus irmãos.

— Não vejo os caras por aqui. — Ele franziu a testa. — Que estranho! Os meus irmãos não perderiam isso por nada.

Houve uma confusão, e então um grasnado dramático.

— Saiam do caminho! Xô, xô! Charles, por aqui, por favor.

Era a Ingrid. Ela caminhou até a tenda do bosque, arrastando sir Charles Fotheringay atrás de si.

Willow ficou furiosa na hora.

— Ai, ai, sinto o cheiro de algo **HORRÍVEL**. — Ela se recusava a olhar para a Ingrid. — É o cheiro de uma **TRAIDORA**.

Ingrid revirou os olhos.

— Ingrid! — gritou Titus. — Você voltou!

Ingrid confirmou.

— É claro — disse ela, com elegância. — Apenas um **TOLO** deixaria o bosque para sempre. E eu **NÃO** sou uma **TOLA**. Por favor, conheça o meu marido, sir Charles Fotheringay.

— Encantado — grasnou sir Charles, estendendo a asa para o Titus.

— Pensamos que tínhamos perdido você. — Wiggy sorriu.

Ingrid se jogou em um banco.

— Isso é ridículo — disse ela. — Eu me apaixonei. É crime? Você acha que eu abandonaria os Atores do Bosque? Vocês estão loucos. Agora, por favor, movam-se e abram espaço para o meu marido. **QUAAAACK!**

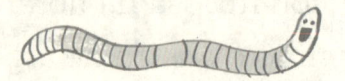

Enquanto isso, Frank sentou-se em um poleiro especial fingindo não estar preocupado.

Mas ele estava muito preocupado.

Onde Nancy estava? Sem a sua estrela, o bosque perderia feio.

— Garoto, tem certeza de que não viu a sua irmã? — sibilou ele para Ted, que enrolava e desenrolava, nervoso, o seu cachecol.

Ted balançou a cabeça.

— Estive aqui o dia todo, Frank. Ela estava dormindo quando eu saí de casa. Você acha que a Nancy está

BEM? — Os olhos de Ted se encheram de lágrimas.

— Acalme-se e pare com isso. — Frank deu uma olhada rápida ao redor. — Não queremos que ninguém note que tem algo errado. O time já está nervoso demais.

Ele observou a equipe de troncocuruto do bosque. Os jogadores ajustavam os capacetes, alongavam as caudas e cumprimentavam uns aos outros. Ninguém podia ver a equipe da Floresta Cintilante porque eles tinham chegado em um trailer particular. Algumas cordas de veludo vermelho haviam sido colocadas ao redor por Susan Rins e Fatima Hostil, que usavam óculos de sol e carregavam walkie-talkies. Uma placa na porta do trailer dizia "Apenas pessoas da Floresta Cintilante".

— Quanto tempo falta até começar a partida, Frank? — perguntou Ted.

— Só temos dez minutos. Talvez possamos pedir à Pâmela pra dar uma olhada. Se alguém pode encontrar a Nancy, é ela. Mas garanta que ninguém saiba que a Nancy sumiu. Isso causaria um caos total.

— Tá bom, Frank! — Ted disparou até a Pâmela na cabine de DJ e cochichou algo no seu ouvido.

Em seguida, Pâmela cochichou algo pra Soluço, e, em silêncio, saiu voando.

Soluço agarrou o microfone.

— **OK, OPA, OPA, UHUUUU! OUÇA, PESSOAL! DJ SOLUÇO NA ÁÁÁÁÁÁREA!**

A torcida vibrou.

— **ESTOU SUBSTITUINDO A MC PÂMELA, PORQUE ELA SAIU PRA PROCURAR A ESTRELA DO TIME, A NANCY, QUE DESAPARECEU!**

A torcida ficou de boca aberta.

— Nãããããão! — gritou Titus.

— Ah, droga! — Frank franziu a testa.

A maior parte da equipe do bosque desmaiou.

Nesse instante, Sebastian Cinza saiu do trailer.

Os fãs da Floresta Cintilante começaram a torcer, animados.

— Ora, ora, ora... — disse Sebastian, acenando para os seus admiradores. — Imagine só. A estrela do bosque sumiu, hein? Que pena...

— Ah, cara, que droga... Espero que ela esteja bem — comentou Reena, a capitã do time da Floresta Cintilante. — Aquela raposa parecia bem legal.

Sebastian Cinza se virou e encarou a Reena, sibilando:

— Diga, você quer **VENCER**, não quer?

Reena confirmou.

— **ÓTIMO**. Porque a Floresta Cintilante é apenas para **VENCEDORES**. Agora, fique quieta e beba isto. — Ele arremessou para ela uma caixa de latinhas prateadas.

— Sim, senhor Cinza. — Reena engoliu em seco e entrou de novo no trailer.

Sebastian Cinza sorriu. Muito em breve, o bosque e a sua Torre Mágica pertenceriam a ele para sempre...

> É agora que ele dá uma risada maligna? Pra mim, é neste momento que haveria uma risada maligna, entende o que quero dizer? Tipo assim: **MUAHAHAHAHAHAHAHA!**

CAPÍTULO 14
Pelos nos ares

Era nesses momentos que a Nancy ainda desejava ter um celular.

— Águia estúpida — murmurou para si mesma, lembrando-se de como a Pâmela o havia roubado. — Ouçam todos. Eu acho que sei onde estamos. E se conseguirmos sair deste lugar, será possível sair da Floresta Cintilante.

Todo mundo disse **"OOOOH"**.

— Você tem certeza? — perguntou Crusty McTavish.

Nancy confirmou.

— Confiem em mim — pediu ela. — Mas vou precisar da ajuda de vocês.

Monty, Jeremy, Jeremy e Jeremy prestaram atenção.

— Nancy, como você sabe, nós nos comportamos como tolos — Monty assumiu. — Principalmente com o Wiggy. Portanto, qualquer amigo dele é nosso amigo. Como podemos ajudar?

Nancy rosnou.

— Sim, vocês foram horríveis. Mas podem dizer isso a ele quando chegarmos ao bosque. Agora, me ergam até o alçapão.

Todos olharam para a portinha.

Ela apontou para os texugos.

— Ei, vocês. Subam uns nos ombros dos outros.

Eles subiram com cuidado um em cima do outro, criando uma torre bamba de texugos.

Todos se surpreenderam quando a Nancy os escalou com coragem, esmagando o focinho de alguns ou dando cotoveladas no estômago de outros.

— A...a... agora o quê? — gritou Monty, que estava na base da torre, sem fôlego sob o peso dos seus três irmãos e da Nancy.

—Agora... nós esperamos — disse Nancy.

— Ah, caramba... — Monty fez uma careta.

Os texugos balançaram de um lado para o outro.

— Fiquem firme aí embaixo! — Nancy ordenou.

Eles esperaram.

E esperaram.

E esperaram.

E então ouviram um barulho.

O alçapão estava se abrindo.

Rápida como um raio, a Nancy saltou. Com uma pata ela agarrou a beirada do alçapão, que estava sendo aberta por um rato de uniforme que só conseguiu dizer "Oh!" antes que a Nancy o agarrasse e o balançasse com a outra pata. Ela espiou o lugar e farejou. Como pensara, estavam em algum lugar bem no fundo da biblioteca da Floresta Cintilante.

O rato se debatia no ar.

— Me larga! — ele guinchava, furioso.

— Tá bem, então. — E Nancy soltou o rato, que caiu dentro da prisão com um baque quando atingiu o chão. — Vamos, amigos, não podemos esperar aqui o dia todo. Comecem a escalar, e sejam rápidos.

Os prisioneiros começaram a subir a escada de texugos, antes de alcançar Nancy bem no topo. Crusty McTavish e outros animais mais velhos foram carregados primeiro.

— Carambolas! — exclamou Crusty, piscando na luz. — Você conseguiu, Nancy! Que raposa corajosa e esperta você é.

Logo havia uma multidão de criaturas desleixadas e fedidas reunidas ao lado da abertura do alçapão. Mo achou uma velha cortina na biblioteca e a rasgou em tiras. Então ela amarrou as tiras umas nas outras, formando uma longa corda, e a arremessou buraco abaixo.

— Aqui está! — gritou ela.

E eles puxaram Nancy, Jeremy, Jeremy,

Jeremy e Monty para fora da sala secreta.

— E eu? — guinchou o rato. — Eu sinto muito! Juro que só estava seguindo ordens!

Nancy apenas fechou a porta do alçapão.

— Se alguém nos vir saindo desta biblioteca, estamos fritos — disse Mo.

Nancy balançou a cabeça.

— Há uma rota de fuga secreta que nos levará até o bosque. Onde está a sala principal da biblioteca? Vocês sabem, aquela com todas as cadeiras, mesas e tal?

Crusty McTavish coçou a orelha, dizendo:

— Acho que é por ali.

Os animais se espalharam pelo corredor. Nancy notou uma porta fechada que dizia "Sala dos Mapas".

— Hum — ela disse para si mesma. — Esperem um minuto. Quero dar uma olhada rápida aqui.

Nancy mexeu na maçaneta, e o objeto se soltou na sua pata.

— Sem problema, Nancy! — ressoou Monty. — Afaste-se, por favor.

E ele correu direto para a porta, abrindo-a com a sua grande cabeça de texugo.

Quando Pâmela voltou ao estádio de troncocuruto, Frank já tinha reavivado a maior parte da equipe do bosque.

— Animem-se! — gritou ele. — Ainda podemos vencer. Vocês só têm que **ACREDITAR!** Vocês acreditam?

— SIM! — gritaram os esquilos.

— Ainda podemos fazer o rodopio sem a Nancy, tá legal? Vamos jogar a melhor partida de troncocuruto que já jogamos. Façam isso pelo Titus! Façam isso pelo nosso lar! Mas acima de tudo... façam isso por si mesmos.

Titus assoou o focinho em um lenço.

— Estou tão feliz por ter o Frank participando das nossas noites habituais de cinema... — Titus fungou. — Os discursos dele estão bem melhores agora.

Ted correu até os seus amigos pra informar:

— A Pâmela disse que não viu Nancy em lugar nenhum. Não entendo. Ela não perderia esta partida por **NADA**.

— Concordo. — Wiggy chacoalhou a cabeça. — Ela deve estar em apuros. Venha.

Wiggy ficou de pé e colocou o braço ao redor do Ted.

— Vamos começar a procurar por ela enquanto os outros assistem ao jogo. Pode ser mais fácil enquanto a floresta está em silêncio.

— Eu te amo, Wiggy. — Ted afundou o rosto no peito do amigo por um momento.

Então, eles correram para a floresta.

E o time do bosque se reuniu para uma última conversa, batendo as caudas no chão.

— Força, bosque! — berrou a Soluço, e a torcida comemorou.

Todos da Vila dos Coelhos pularam ao mesmo tempo, o que causou a impressão um pequeno terremoto. E um furão chamado Beryl balançou uma pata gigante de espuma no ar, sem dar a mínima.

A equipe da Floresta Cintilante finalmente saiu do trailer, com os seus uniformes brilhantes e perfeitos, e o pelo lustroso ondulando ao vento. Diferentemente do bosque, estavam completamente parados e em silêncio.

— Eles não estão de brincadeira — comentou Willow, tomando de forma barulhenta uma raspadinha do tamanho da sua cabeça.

As chefes de torcida da Floresta Cintilante — um grupo de ratas brancas com focinhos e tutus cor-de-rosa combinando — saltavam no campo e faziam uma coreografia complicadíssima que envolvia cuspir fogo, malabarismo e patinação.

— Já vi isso antes. — Ingrid bocejou.

Sir Charles Fotheringay revirou os olhos em apoio.

A exibição terminou com as ratas soletrando a palavra "Cintilante" com faíscas em suas caudas. Em seguida, a Anoushka Franzina tocou uma bonita canção sobre mariposas, sentada em uma nuvem falsa.

— Uau, ela tem mesmo uma voz de anjo, não tem? — elogiou Titus.

— Eu acho a voz dela muitíssimo sem graça — resmungou Ingrid, abanando-se com raiva.

Mas Sebastian sorria, orgulhoso.

— Essa é a nossa garota! — disse ele, aplaudindo muito. — Ela não é perfeita?

Agora era a vez do bosque.

A Pâmela e a Soluço trotaram até o campo. O Emo Omar se arrastou para fora da tenda da Floresta Cintilante, parecendo um pouco encabulado.

Soluço começou a fazer *beatbox*.
Pâmela começou a fazer a dança do robô.
Emo Omar recitou um poema.

Nós saltamos pelos ares
E a nossa cabeça na árvore vamos bater
Voamos sem o menor cuidado
E esperamos não morrer

As nossas caudas são fortes
E temos muita saúde
Vamos vencer esse jogo
Pois amamos o bosque
(Fim)

A torcida gritou e vibrou.

E então a Soluço ficou animada demais e começou a bater com um globo espelhado na sua cabeça, dando voltas ao redor do campo.

— Cuidado, Soluço — alertou Titus.

— Por aqui, amiga! — gritou Willow.

Mas os óculos de sol da Soluço bloqueavam a sua visão, o que significava que ela não enxergava para onde estava indo, e ela caiu direto em um buraco enorme.

Sebastian Cinza viu a cena toda com uma sobrancelha erguida.

— Que show... interessante — comentou ele, sarcástico, e olhou para Frank. — Podemos seguir em frente, então?

Frank concordou e se virou para os esquilos do bosque, dizendo:

— Vamos, time. Nós também podemos dar o nosso melhor.

Os esquilos formaram um círculo e uniram as patas no meio dele.

— **UH-UH-UH-VAMOS!** — entoaram eles. Frank levou o microfone ao bico
— Preparar... apontar...

TRONCOCURUTO!!!

A torcida esticou o pescoço quando ambos os times se lançaram no ar. Os primeiros segundos foram um borrão de pelos voadores e gritos de "Troncocuruto!" à medida que os esquilos pulavam dos troncos como bolinhas de pingue-pongue felpudas.

— Que belo movimento, Ayesha! — berrou Frank. — Agarrou bem esse galho, Jakob!

— Como estamos indo? — perguntou Titus, que estava com o rosto coberto de recheio de bolo. — Não posso ver!

— Nada mal — informou Willow. — Ainda sem colisões, e estamos indo tão rápido quanto a Floresta Cintilante.

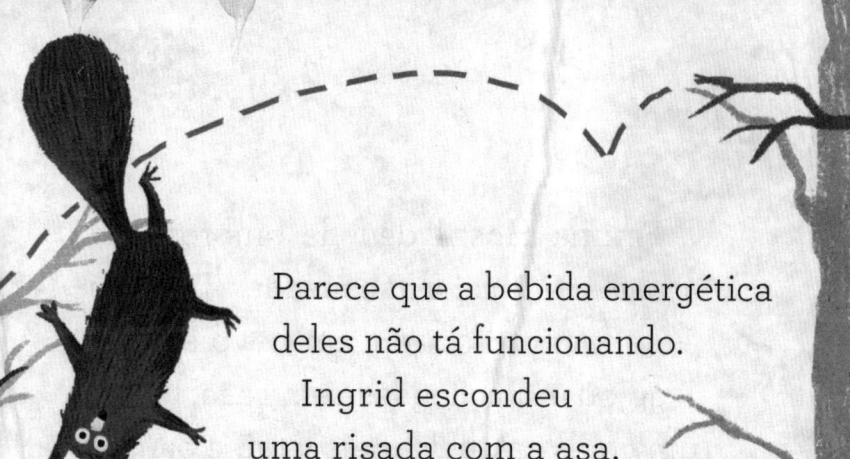

Parece que a bebida energética deles não tá funcionando.

Ingrid escondeu uma risada com a asa.

Willow a encarou e começou a saltar.

— Você fez uma coisa secreta de espiã, Ingrid? O que fez? Conta, conta, conta, conta!

— Eu substituí a bebida energética ridícula deles por água do lago. — Ela sorriu. — Em algum lugar daquele lago há alguns peixes muito animados.

Willow vibrou e bateu palmas.

Enquanto isso, Sebastian Cinza franzia a testa. A sua equipe não estava saltando tão rápido como normalmente saltava.

— Qual o problema? — ele rosnou para Fatima Hostil. — Por que ainda não vencemos? O jogo começou há dez minutos, e **NENHUM** esquilo caiu no chão!

Fatima Hostil deu de ombros. Ela estava ficando cansada. Decidiu que iria procurar um novo emprego quando chegasse em casa, talvez um com um chefe mais legal e pausas decentes para o almoço.

Foi quando um esquilo da Floresta Cintilante tentou puxar um esquilo do bosque para o chão.

— Ok, bosque! — gritou Frank. — Vamos lá! É hora do **RODOPIO!**

Com a rapidez de um raio, três esquilos do bosque uniram as patas e agarraram uma colega de equipe, impedindo-a de cair no chão. Então eles giraram cada vez mais rápido, como um laço de esquilos, e acertaram um esquilo da Floresta Cintilante como se ele fosse uma noz sendo aberta.

O esquilo da Floresta Cintilante caiu no chão.

Ponto para o bosque!

Todos se assustaram. E aí os torcedores do bosque foram à loucuuuuura.

— Podemos fazer isso! — Willow pulava, pulava e pulava. — Podemos vencer!

CINCO MINUTOS DEPOIS...

O time todo do bosque estava de cara no chão.

Estava tudo acabado.

A Floresta Cintilante havia vencido.

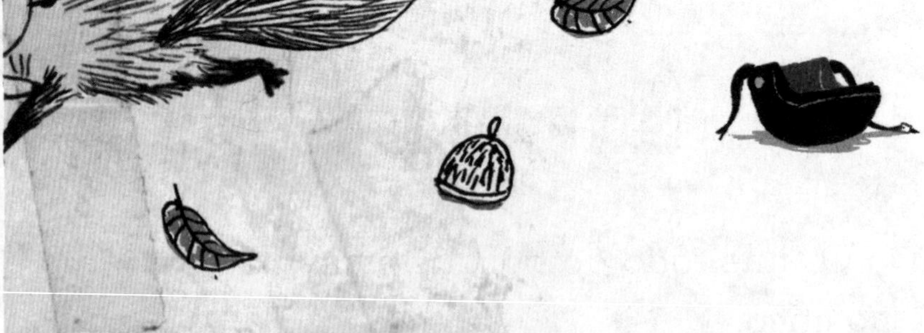

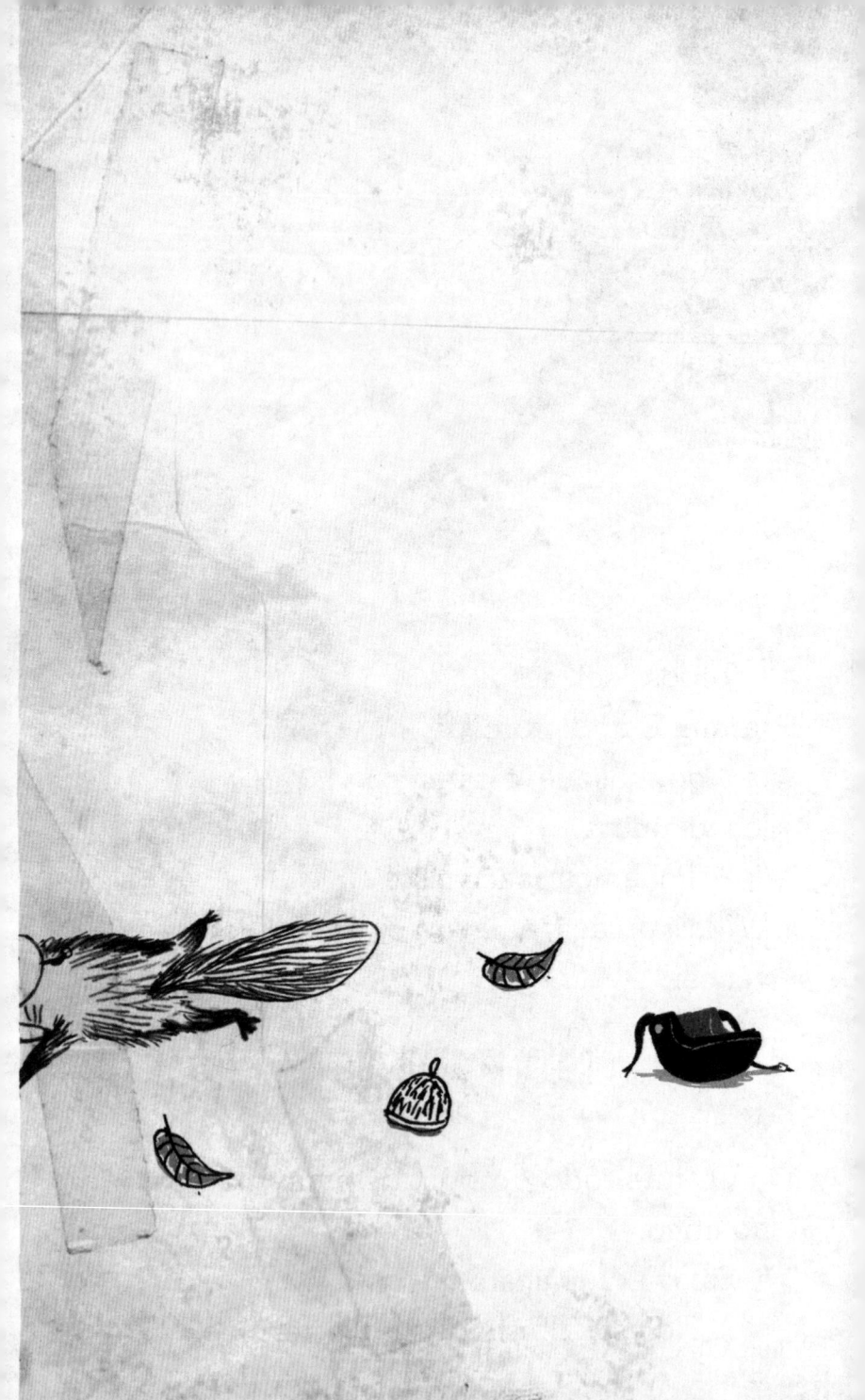

CAPÍTULO 15
O pontapé final na Floresta Cintilante

Sebastian Cinza jogou a cabeça para trás e gargalhou.

Ele caminhou até onde Titus estava sentado. A equipe do bosque desmoronara em um canto, os capacetes e uniformes todos rasgados. Ginger Fiasco chorava. Willow e Frank ajudavam o resto dos esquilos a se levantar. Sir Charles tentava consolar a Ingrid. A Soluço e a Pâmela baixaram os pompons e voaram de volta à Torre Mágica.

Enquanto isso, os torcedores da Floresta Cintilante jogavam confetes e brindavam com champanhe de flor de sabugueiro.

Sebastian esticou a pata.

— Bem, Titus, um acordo é um acordo. Diga adeus ao bosque, e diga à sua águia maluca para sair da minha Torre Mágica. Mandou bem, parceiro.

Fatima Hostil tirou alguns papéis da sua maleta.

Susan Rins caçou uma caneta na sua bolsa e, por fim, encontrou uma, ainda bem.

Ingrid grasnou, irritada:

— Você é um vigarista, Cinza. Saiba que eu sou uma pata vingativa e vou arruinar a sua vida, de um jeito ou de outro.

Os olhos do Sebastian se estreitaram. Ele se inclinou, para que ninguém da Floresta Cintilante pudesse ouvi-lo, e rosnou:

— Todos na Floresta Cintilante me adoram. Nada do que você disser fará o meu povo se virar contra mim. É melhor vocês começarem a procurar outro lugar pra viver, porque nenhum de vocês será bem-vindo à Floresta Cintilante, pode apostar.

Titus se levantou.

— Senhor Cinza — disse ele —, eu temia que este dia chegasse. Chorei muito. Comi muitos biscoitos. Mas quando me tornei prefeito do bosque, prometi fazer o meu trabalho com honra e decência até o fim. Então, devo aceitar a derrota, porque é certo e justo. E é assim que fazemos no bosque.

Com lágrimas nos olhos, Titus estendeu o casco vacilante para apertar a pata do Sebastian.

Nesse instante, uma voz ecoou:

— **NÃO! NÃO APERTE A PATA DELE, TITUS. NÃO FAÇA ISSO!**

Era Ted, que vinha correndo o mais rápido que as suas patas permitiam.

Atrás dele estavam Wiggy e Nancy.

E atrás deles estavam todos que haviam sido jogados na prisão secreta do Sebastian. Crusty McTavish era empurrado em seu patim pela Mo. Ted apontou uma pata trêmula para o Sebastian Cinza.

— Ele é um mentiroso! — uivou a raposinha. — E ele tem mentido para cada um de vocês!

Os torcedores da Floresta Cintilante arfaram quando viram os seus velhos amigos.

— É o Crusty! E a Mo! E o doutor Khan! E muitos outros que não temos tempo de nomear! — eles guincharam.

— Senhor Cinza. — Anoushka Franzina o encarou. — O senhor nos disse que todos eles foram fazer um longo cruzeiro! Isso era uma mentira?

A boca do Sebastian Cinza abriu-se e fechou-se em choque.

— Não escutem uma palavra do que essa raposa diz. — Nancy apontou a pata para o Sebastian. — Ele prendeu todos estes animais porque eles não cumpriam o estúpido Estatuto da Floresta Cintilante.

Todos ficaram surpresos.

— E o suposto mapa oficial? **É FALSO!** Nós encontramos o verdadeiro na biblioteca. O bosque nem está nele; e a Floresta Cintilante também não.

Todos ficaram surpresos mais uma vez.

Sebastian Cinza rosnou e girou sobre os calcanhares para encarar os torcedores da Floresta Cintilante.

— Eu fiz tudo isso por nós! — ele gritou. — Vocês não querem que a Cinzavila se torne uma realidade? Não querem que nos tornemos ricos, mais ricos do que podemos imaginar?

— Você nunca deveria ter se tornado prefeito — afirmou Crusty McTavish.

Sebastian Cinza soltou uma risada maligna.

— Você só está bravo porque eu ganhei a eleição, seu esquilo velho e esfarrapado!

Mas então Mo ergueu um grande saco. Ela o virou de cabeça para baixo, e centenas de pedacinhos de papel caíram no chão.

— Reconhece isso? — perguntou ela. — Votos falsos da eleição da Floresta Cintilante. Nós os encontramos escondidos na biblioteca. Você não ganhou nada!

— Ah. Vocês encontraram a Sala dos Mapas. — Sebastian suspirou. — É justo, suponho.

— Ele é **FALSO!** — Anoushka Franzina baixou o seu violão, nada amigável.

— Ele é **MALDOSO!** — gritou Reena, tirando o seu capacete de troncocuruto.

— Ele é **TRAPACEIRO**. — Fatima Hostil rasgou os papéis que o Titus estivera prestes a assinar.

E de repente, não importava mais quem era do bosque e quem era da Floresta Cintilante. Todos se uniram e encararam o Sebastian Cinza. Ele estava por conta própria.

Mas Sebastian parecia não se importar. Na verdade, ele sorria.

— A-há! Tolos, todos vocês! Acham que qualquer um de vocês pode me deter? Não entendem? Eu posso fazer o que eu quiser! — E Sebastian subiu no seu helicóptero brilhante, que estava estacionado próximo ao campo de troncocuruto. — Não tenho medo de nenhum de vocês! — Ele ligou o motor. —

Vou controlar a Torre Mágica, quer aquela águia esteja lá em cima ou não!

Ted enterrou o rosto no pelo da Nancy quando o helicóptero levantou voo.

As hélices enormes e poderosas zumbiram, irritadas. Sebastian Cinza apontou para elas.

— E se a sua águia me der trabalho, ela terá que lidar com essas meninas malvadas. — Ele gargalhou. — Vejo vocês mais tarde, perdedores!

E ele conduziu o helicóptero em direção à Pâmela e à Torre Mágica.

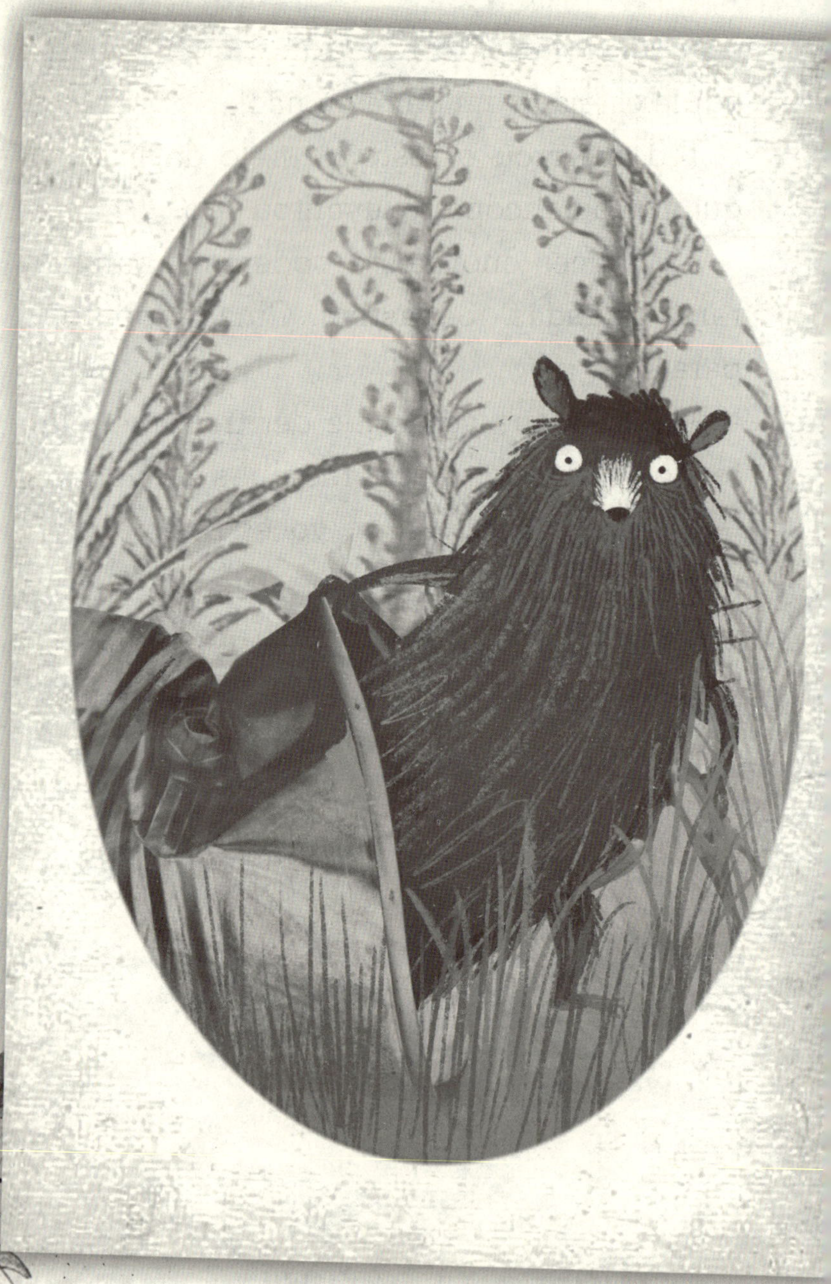

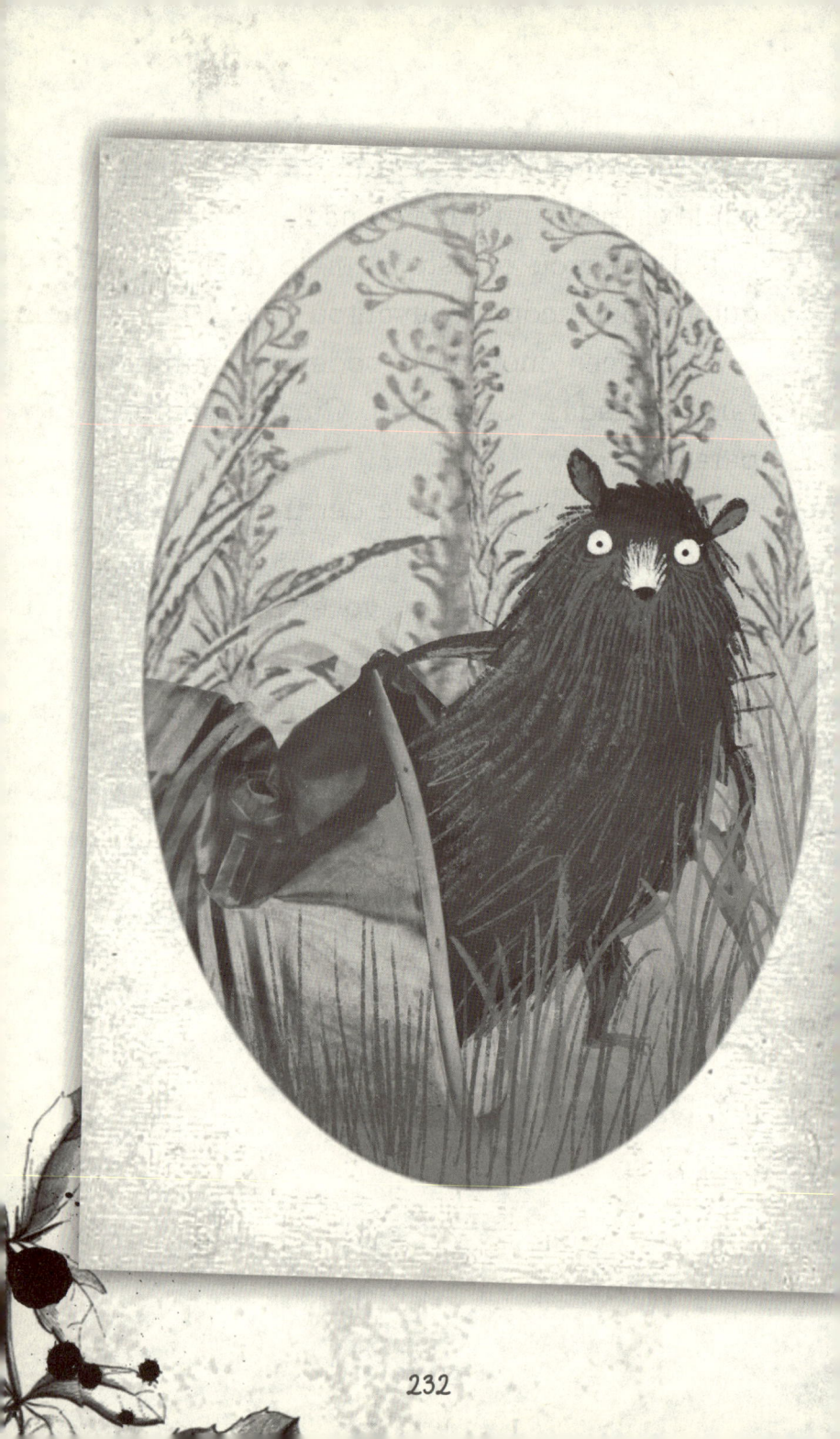

CAPÍTULO 16
Ops

Por sorte, foi nesse momento que a Pâmela e a Soluço finalmente conseguiram criar o maior canhão de glitter do mundo.

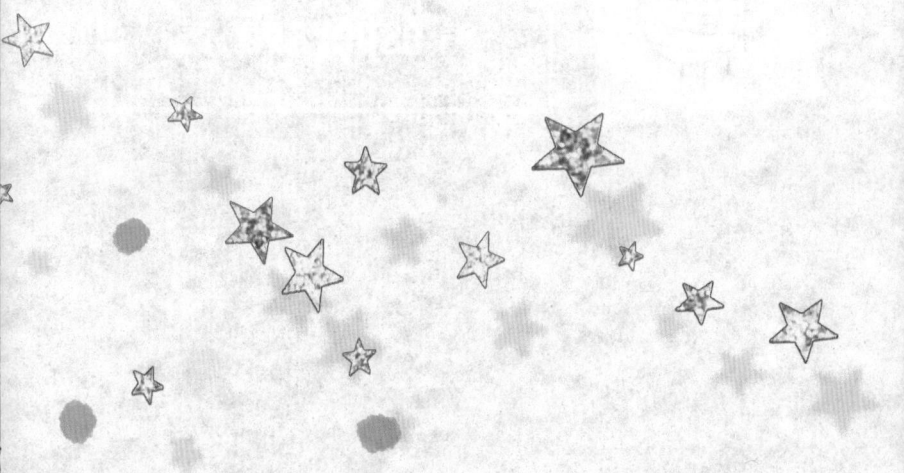

— UHUUUUU! — a Soluço gritou.

— Brilha-brilha-buuum-buuum-buuum! — disse Pâmela, acendendo um fósforo.

E elas o acenderam no exato instante em que o helicóptero do Sebastian Cinza apareceu na frente delas, mandando-o junto com a aeronave e toda a carga de glitter para bem, bem longe, para um recanto distante na galáxia.

Eita! Por essa eu não esperava.

CAPÍTULO 17
Bosque festival

— Alguém quer mais, pessoal? — ofereceu Titus, colocando uma segunda fornada de bombas de chocolate perfeitas em cima de uma grande mesa do lado de fora do seu trailer.

Ele cozinhara a semana toda. Havia muitas bocas a mais para alimentar, agora que a cerca elétrica entre o bosque e a Floresta Cintilante havia sido derrubada na explosão de glitter.

Wiggy saltava ao redor, enchendo xícaras de chá e entregando copos de limonada. Os irmãos, Monty, Jeremy, Jeremy e Jeremy, o ajudavam.

— Vocês da Floresta Cintilante passaram por muita coisa — Titus disse gentilmente ao Crusty McTavish. — Espero que saiba que são muito bem-vindos para ficar no bosque até se recuperarem.

— Não somos chiques, mas também não temos regras estúpidas! — garantiu Willow.

Crusty McTavish enxugou uma lágrima do seu focinho de esquilo.

— Obrigado, prefeito Chifredoido. Você está sendo muito bom para nós. O bosque é um lugar bom, muito bom. Você deveria se orgulhar.

Titus abriu um sorriso enorme e disse:

— E agora que aquela raposa desagradável está fora do caminho, talvez o bosque e a Floresta Cintilante possam se tornar vizinhas de verdade.

Crusty McTavish estendeu a pata.

— Com certeza — respondeu ele.

O canhão de glitter tinha feito uma grande bagunça, considerando tudo. Mas ninguém se importou muito, porque isso salvara totalmente o dia. Pâmela tinha adorado ver o helicóptero do Sebastian Cinza voar pelo espaço, e esse se tornara o assunto principal do seu programa de rádio desde então.

Titus assou um bolo para a Soluço como recompensa, então ela escolheu um formato gigante, do qual ela poderia sair a qualquer momento.

Enquanto isso, Ingrid, Sir Charles Fotheringay e um grupo de patos ainda tiravam glitter do Lago Cristal.

— Logo a água estará limpa e bonita — garantiu sir Charles. — Mas nunca será tão bonita quanto... **OS SEUS OLHOS**.

— Feche a matraca, Charles — pediu a Ingrid, tirando bastante glitter do lago. — Você está se comportando com um bobo apaixonado.

— Estive pensando — disse sir Charles — sobre o seu teatro. Gostaria de reconstruí-lo. Embora eu saiba que tenho o rosto de um ator delicado, tenho as asas de um pato trabalhador. Por favor, querida... Se vou viver no bosque com você, precisarei de um **PALCO**.

Ingrid deu um aceno rápido.

— Tudo bem, Charles. Se isso vai te deixar feliz...

Embora não soubesse disso, Charles havia acabado de transformar Ingrid na pata mais eufórica da cidade.

— Eu lhe devo um enorme e gigantesco pedido de desculpas, Wiggy. — Monty, o texugo, o fitou com carinho. — E o Jeremy, o Jeremy e o Jeremy também. Nós temos sidos péssimos irmãos, né?

— Sim! — disseram os Jeremy.

— Ah, tá tudo bem... — afirmou Wiggy.

— Não, não tá — discordou Monty. — Você foi muito legal com a gente, e nós não demos valor. Aqui. Gostaria de te dar isso. — Ele entregou pro Wiggy uma calça de veludo vermelho esfarrapada e suspirou. — A minha calça da sorte. É o mínimo que você merece.

Wiggy segurou com cautela a calça áspera e deu um abraço nos irmãos.

Frank se empoleirou no alto de um galho de um carvalho.

O doutor Khan sentou-se ao lado dele.

— A biblioteca é do lado daqueles cedros. — Ele apontou para um punhado de árvores.

— Uma biblioteca! — piou Frank. — Eu sempre quis visitar uma.

— Era o meu lugar favorito para ler jornais — comentou o doutor Khan. — E, às vezes, escutar um pouco de jazz; com fones de ouvido, é claro.

Frank disse:

— Talvez... talvez a gente possa fazer isso juntos um dia. Em total silêncio, óbvio.

Doutor Khan concordou.

— Eu gostaria muito, Frank. Tem sido difícil para mim nestes últimos anos, cercado por esses idiotas.

— Eu te entendo...

Depois que Titus alimentou todo mundo com bolos e chá, eles marcharam até a colina para se reunir ao redor da Torre Mágica. A Pâmela e a Soluço estavam transmitindo **AO VIVO** na rádio do bosque.

— **UHUUUUUU, UHUUUU!** Vocês estão sintonizados no programa da Pam e da Soluço, que oferece uma deliciosa fatia de clássicos do hip-hop, grime e reggae! **SIIIIM!**

E elas começaram a dançar break.

Enquanto isso, a adorável Anoushka Franzina subia em um velho caixote destruído.

— Oi, pessoal — ela cumprimentou, dedilhando com leveza o seu violão.

— Então, tipo, nós só queríamos dizer muito obrigada à galera do bosque por serem, tipo, tão incríveis.

Todos os animais do bosque vibraram e aplaudiram.

— E dizer também que... ah, nossa, tipo, vocês já tentaram usar sabonete? É uma invenção fantástica que faz o seu pelo parar de cheirar a lixo; é muito bom. Enfim, esta música se chama As Minhas Unhas do Pé São Tão Lindas.

Ted correu até a Nancy e deu-lhe um grande abraço.

— Pra que isso, Ted?

Ted deu de ombros e respondeu:

— Me deu vontade.

Nancy bagunçou o pelo dele.

— Como você está? — perguntou ela.

Ted suspirou.

— Estou bem. Eu me sinto um pouco bobo, mana. Por causa do senhor Cinza.

— Você gostava dele, né? — perguntou Nancy.

— Só no começo! É que... ele era uma raposa adulta, e parecia tão elegante e...

— Tudo bem, garoto. Eu entendo. Estamos numa boa.

Os irmãos escutaram uma risada e viram Crusty McTavish se aproximando deles.

— Vocês são raposas ótimas — elogiou Crusty. — Os seus pais devem estar orgulhosos.

Nancy congelou, mas Ted apenas sorriu.

— Não temos pais — disse ele. — Eles nos deixaram na Cidade Grande e nunca voltaram.

— Ah... Sinto muito por isso, garoto... — Crusty parecia um pouco chateado.

— Tudo bem. — Ted deu de ombros. — Eu tenho a Nancy. Ela é a melhor irmã mais velha que existe.

Nancy desviou o olhar por um instante. Então, respirou fundo e garantiu:

— Mas nós vamos encontrá-los.

Ted olhou para ela, chocado.

— Havia umas pegadas na nossa toca — continuou Nancy —, e as minhas patas cabem em uma delas com perfeição. Preciso saber se isso significa algo. Preciso saber quem as colocou lá.

— Nancy! — gritou Ted.

Ela olhou para ele e deu de ombros.

— Não contei antes porque não queria que você ficasse muito empolgado, maninho. Pode não significar nada.

— Sabe para onde vocês deveriam ir? Pra biblioteca — Crusty sugeriu. — É o melhor lugar pra começar quando você precisa encontrar algo. Todo mundo que já viveu aqui terá o nome escrito em algum lugar. Você só precisa saber onde procurar.

— Sério? — Nancy arregalou os olhos.

Crusty confirmou.

— Eu ficaria feliz em ajudar — disse ele. — É o mínimo que posso fazer, depois que você salvou a nossa pele.

— Sim, tudo bem — respondeu Nancy. — Isso seria demais.

Nesse instante, Willow e alguns dos seus 345 irmãos passaram zunindo em bicicletinhas.

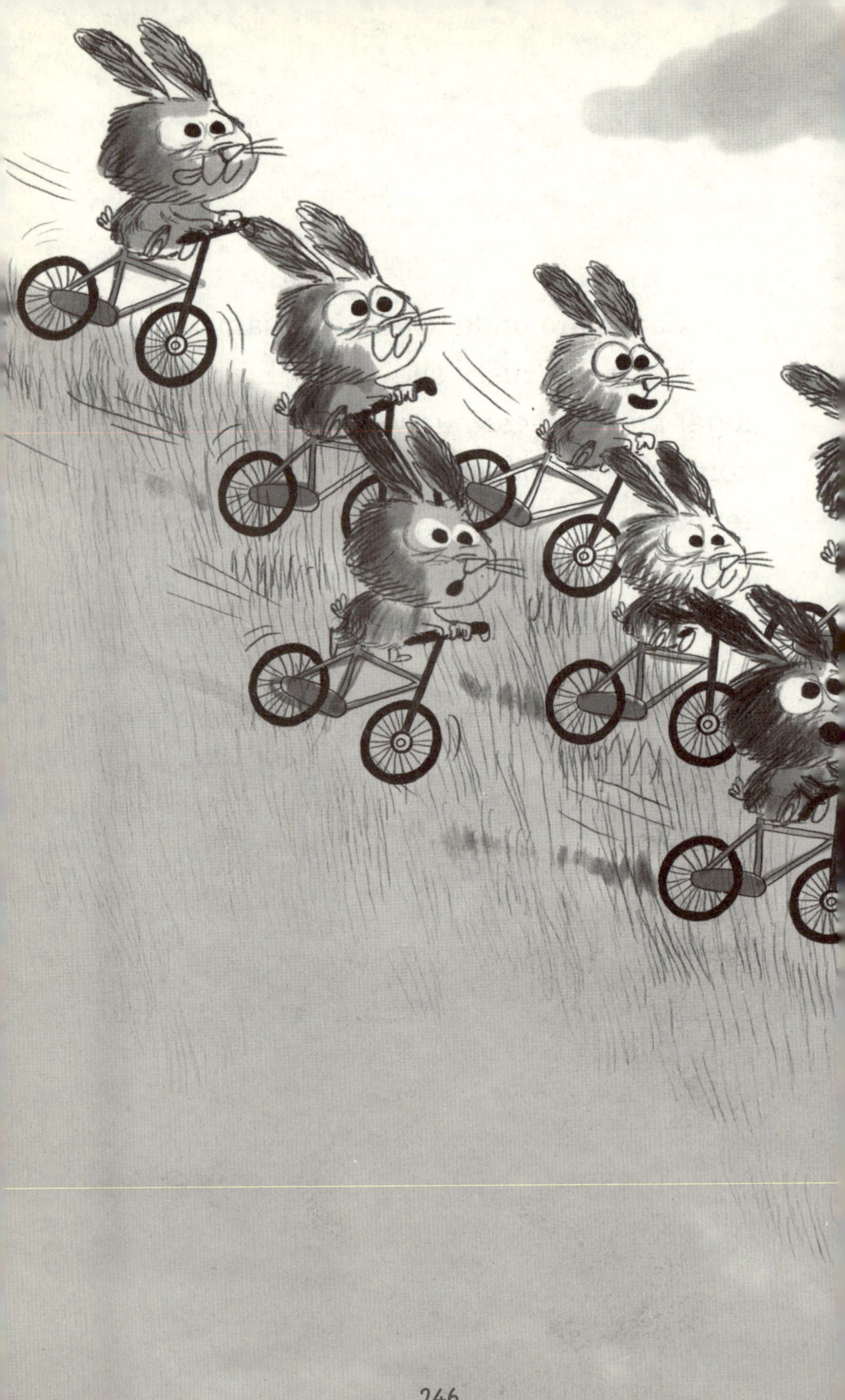

— IIIIIIIIIÊÊÊÊÊÊÊÊÊÊ! — gritaram eles, pedalando perigosamente rápido colina abaixo, o que fez o estômago deles revirar.

As orelhas da Willow sacudiam-se com o vento, e ela ria tanto que até babava.

— O sol tá brilhando! — ela berrou. — E a vida é booooooooooa!

E era mesmo.

Queridos mamãe e papai,

TANTA coisa aconteceu que vocês nem acreditariam! Mas nada disso importa porque a Nancy decidiu que vamos encontrar vocês. Eu espero mesmo que a gente encontre. Vocês já viveram no bosque? Por que nos deixaram? Ainda estão vivos? Tomara que sim. Se receberem isto, por favor, escrevam de volta nos contando. Desenhei outro mapa pra que saibam como chegar até aqui. Vocês já devem ter alguns deles agora, suponho. Aconteça o que acontecer, quero que saibam que nós estamos muito felizes.

Amamos vocês.
Beijos,
Ted e Nancy.

UAU! Que aventura foi tudo isso. Não sei vocês, mas eu preciso de férias. Quero uma piscina, uma boia de unicórnio e um sorvete do tamanho da minha cabeça. Vocês foram uns amores, eu lhes digo, uns amores. Agora me despeço, *adiós!*

Vocês gostam de ANIMAIS?
Vocês gostam de RIR?
Vocês gostam de CEBOLA?*
Então vão gostar do bosque!
Acompanhem o Ted e a Nancy
em sua primeira aventura.

*(Na verdade, esqueçam a cebola).

LEIA TAMBÉM

NADIA SHIREEN

Aventuras no BOSQUE

MORRA DE RIR COM A SÉRIE MAIS ENGRAÇADA DO ANO!

MILK SHAKESPEARE

É muito LEGAL

LEIA TAMBÉM

A ESCOLA DE
AVENTUREIROS
O LABIRINTO DE COGUMELOS
BEN COSTA & JAMES PARKS
MILK SHAKESPEARE
BEN COSTA & JAMES PARKS
1
A ESCOLA DE AVENTUREIROS
Olá! Meu nome é Coop Cooperson, e esse é o meu diário de aventuras! E adivinha? Eu sou o únic ser humano na Escola de Aventureiros!

Doggo e o Filhote
Katherine Applegate
Ilustração de Charlie Alder

conheça o filhote mais aventureiro do mundo!

Autora best-seller da The New York Times
Katherine Applegate

Doggo e o Filhote SALVAM O MUNDO
Ilustração de Charlie Alder

LEIA TAMBÉM

CONHEÇA A COLEÇÃO DE *OS ÚLTIMOS JOVENS DA TERRA*, CHEIA DE AÇÃO E MOMENTOS INESQUECÍVEIS, ONDE A TURMA SE AVENTURA EM DIVERSAS HISTÓRIAS APOCALÍPTICAS!

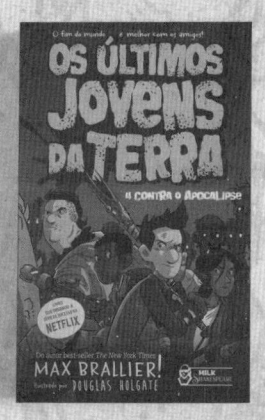

ASSINE NOSSA NEWSLETTER E RECEBA INFORMAÇÕES DE TODOS OS LANÇAMENTOS

www.faroeditorial.com.br

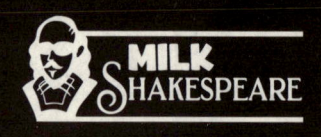

MILK SHAKESPEARE

ESTA OBRA FOI IMPRESSA EM JANEIRO DE 2024